KB033578

아무튼, 후드티

아무튼, 후드티

조경숙

코난북스

차례

전투에 임할 땐 후드티를 입는다

중학생 시절, 학교는 내게 괴롭기만 한 공간이었다. 그때 내 유일한 목표는 가능한 누구의 눈에도 띄지 않고 조용히 숨어 지내다 하교하는 것이었다. 있었다 없어지기를 반복한 친구들, 폭력적인 데다 행복할 여지를 도무지 찾을 수 없는 수업 시간. 학업 성적은 잘 나오지 않았고 나는 뭐가 되고 싶은지 몰랐으며 상당히 오랜 시간 동안 죽음을 꿈꿨다. 늘 외로웠고 매사에 자신이 없었다.

숨만 쉬며 학교를 오간 그때, 다행히 내게도 숨 쉴 수 있는 공간이 있었다. 바로 PC방과 만화방이었다. 나는 담배 냄새가 덜 나는 만화방, 화장실이 청결한 PC방을 동네별로 꿰고 있었다. 용돈이 그리 많지 않아서 매일 출석하지는 못해도 주말엔 의례를 치르듯 반드시 PC방과 만화방으로 향했다.

PC방에 도착하자마자 부리나케 켠 건 우리나라 최초의 온라인 MMORPG 〈바람의 나라〉였다. 그전에도 게임을 해본 적은 있지만 온라인 게임을 한 적은 없었다. 컴퓨터에 CD를 넣고 플레이하는 〈대항해시대〉나 〈삼국지〉, 〈프린세스 메이커〉 정도였을까. 만화잡지를 사면 부록처럼 따라오던 게임들도 재미있긴 했다. 하지만 그 게임들은 얼마 지나지 않아 시시해졌다. 오로지 혼자 하는 게임은 내 취향이 아니었다. 광활한 게임의 세계 속에 혼자 내던져져 문제를 해결할 실마리 또한 혼자서 찾아야 하는 플레이가 그때는 아직 어려웠기 때문이다. NPC(Non-Player Character, 정해진 답변만을 하도록 프로그래밍된 캐릭터)들은 언제나 의미 없는 대답을 앵무새처럼 반복할 뿐이었다. 나는 내가 처한 상황에 공감을 얻고 해결책도 구하고 싶었다.

〈바람의 나라〉가 그랬다. 내가 즐긴 〈바람의 나라〉는 그저 MMORPG 게임 중 하나가 아니었다. 〈바람의 나라〉라는 게임을 토대로 만들어진 거대한 커뮤니티였다. 물론 사람이 많다 보니 사기꾼 같은 악성 유저도 있었지만 순전한 호의로 서로 돕고 친분을 쌓아가는 게이머가 훨씬 많았다. 마을 외곽에서 던전에 가는 길을 잃어 헤매고 있을 때 전혀 모르는 게이머가 내가 그토록 찾아 헤맨 던전 앞에 친절하게 데려다주기도 했다. 사냥터에서 몬스터에게 데미지를 입어 내 캐릭터가 죽어가고 있을 때는 그 앞을 지나가던 이가 마법을 이용해 내 캐릭터의 체력을 보충해준 일도 있다. 불현듯 나타나 무심히 사라지는 도움의 손길들은 내가 늘 바란 것이었다. 학교에서 그토록 원했지만 만날 수 없었던 도움들. 그게 바로 이 게임 안에 있었다.

이 게임에 한창 푹 빠져 있을 때 나는 한 길드에 소속되어 있었다. 길드원들 사이의 친목은 매우 돈독했다. 함께 사냥을 하거나 한자리에 모여 수다 떨었다. 누군가 레벨업을 하거나 귀한 아이템을 얻으면 다 같이 축하했다. 그때는 길드끼리 대항해 싸우는 길드전, 길드마다 성을 하나씩 지키며 다른 길드의 성을 빼앗는 공성전 같은 이벤트도 있었다. 길드원들이 단합해 함께 싸우다 보면 정말 거대한 싸움이라도 치른 듯 전우애마저 생겼다. 접속하면 환대해주는 사람들이 있다는 것 자체가 큰 위안이었다. 무엇보다 내 아이디 위에 길드 이름이 명시되는 그 화면이 너무 좋았다. 〈바람의 나라〉에는 내 자리가 있었다.

늘 게임을 할 수는 없었다. 당시에는 지금처럼 무선 와이파이나 인터넷 통신을 위한 전용 랜선이 따로 없었다. 대개 집 전화기에 연결된 통신선을 함께 썼기 때문에 인터넷을 연결하면 유선 전화가 불통이 되었다. 내가 게임을 켜면 우리 집 전화기는 전화를 걸 수도 받을 수도 없는 상황이 되는 것이다. 그렇다고 지금처럼 휴대폰이 있는 것도 아니었으니 낮에는 부모님이 전화를 써야 해서 나는 부모님이 잠든 후에나 게임을 할 수 있었다.

당시에는 게임 첫 화면에 '접속하면 통신비가 분당 20원 청구된다'는 문구가 빨간 글씨로 쓰여 있었다. 셈에 약한 초등학생은 1분에 20원씩 요금이 올라가면 과연 어느 정도 규모가 되는지 정확하게 가늠할 수 없었다. 다만 빨간 글씨로 쓰인 걸 보니 꽤 비싼 값이겠거니 짐작했을 뿐이다. 그다음 달에 통신요금 고지서를 받아든 엄마 얼굴이 새파래지는 걸 보고서야 내가 게임에 얼마나 큰돈을 썼는지 깨달았다. 고지서엔 20만 원이 찍혀 있었다(그때 돈으로 20만 원은 정말 어마어마하게 큰돈이었다).

그 후부터는 집에서 게임하는 걸 줄이고 PC방을 찾았다. 우리 가족은 일요일마다 다 함께 교회 예배에 참석했다. 그리고 그때마다 나는 청소년 예배 헌금으로 2천 원씩을 받았다. 그러면 그중 천 원은 교회에 내고, 나머지 천 원은 꼬깃꼬깃 접어 주머니에 넣어두었다가 예배가 끝나면 한달음에 PC방으로 달려가 컴퓨터를 켰다. 헌금을 PC방에 쓴다는 것에 죄책감이 들긴 했지만, 그런 감정쯤이야 게임을 켜는 순간 즉시 잊어버렸다. 〈바람의 나라〉가 워낙 재미있어서 죄책감 같은 감정에 빠져 있을 수 없었고, 무엇보다 이 게임이 플레이어에게 요구하는 집중력이 어마어마했다.

〈바람의 나라〉에서 나는 마법을 쓰는 주술사였
다. 주술사로 마법을 쓰면서 몬스터를 사냥할 땐 아
주 높은 수준의 키보드 컨트롤이 필요했다. 한 사냥
에서 주술사가 쓰는 키보드 자판만 열다섯 개에 달
했다. 일단 숫자키 1부터 9까지 각각 다른 마법을 설
정해놓고, 던전에 들어가면 보이는 몬스터를 방향키
로 하나하나 선택해 마법을 건다. 숫자키 1번 마법으
로 몬스터의 동작을 마비시키고, 2번 마법으로 몬스
터의 방어력을 낮춘 후, 3번 마법으로 몬스터의 인
지를 방해하는 식이다. 그렇게 1~3번 마법을 주변의
몬스터들에게 쭉 걸고 나면 이제 바닥난 내 캐릭터
의 마력을 회복하고 본격적으로 몬스터에게 공격을
가해야 한다.

　　이 사냥에 집중력을 쏟아붓기 위해 가장 중요
한 건 나의 현실 갑옷, 후드티였다. 후드티를 입는
것 자체보다는 후드티의 후드를 뒤집어쓰는 게 중요
하다. 양옆 시야를 차단해 집중력을 향상하는 독서
실의 책상 칸막이처럼 일단 후드를 쓰고 나면 눈앞
의 모니터에 더 집중할 수 있다. 스스로에게 마법을
걸어 방어력을 향상시키는 내 주술사 캐릭터처럼,
나는 후드를 뒤집어쓰는 것으로 나 자신에게 집중력
향상의 마법을 걸었다. 그러면 키보드 조작이 능숙

해지고 몬스터의 돌발적인 공격에도 더 민첩하게 대응할 수 있을 것 같았다.

특히 후드를 덮어쓰면서까지 사냥에 열중해야 했던 건 다른 사용자들과 함께 사냥하는 파티 플레이 때문이었다. 〈바람의 나라〉에서는 여러 게이머가 함께 팀을 짜서 사냥하는 게 가능하다. 움직임이 민첩한 도적, 묵직한 타격을 날리는 전사, 팀원을 치유해줄 수 있는 도사, 원거리 공격이 가능한 마법사…. 서로 다른 장단점을 가진 이들이 모여 파티를 이루면 처치할 수 있는 몬스터가 많아지니 각각의 플레이어도 그만큼 경험치를 훨씬 빠르게 습득할 수 있다. 대신 파티원들과 어디로 어떻게 진격할지 논의도 해야 하고 몬스터에게 맞아 죽어가는 파티원이 없는지 살피기도 해야 한다. 그러면서 내 앞의 몬스터를 처치하기도 해야 하니 집중력이 배로 필요했다. 간혹 손발이 맞지 않을 때는 몬스터에게 맞아 사망하는 횟수가 혼자 사냥하는 것보다 훨씬 많을 때도 있었다. 이래저래 리스크가 있어도 나는 파티 플레이가 좋았다. 다른 이들과 하나로 무리를 지어 공통의 목표를 이루기 위해 전쟁터를 헤쳐나간다는 건 정말이지 그것만으로 큰 성취감이 느껴졌다.

〈바람의 나라〉에서의 나는 길드원들과 곧잘 미

지의 세계를 찾아 탐험을 떠났다. 아직 가보지 못한 던전이나 새로 생긴 대륙, 길드원들과 이곳저곳을 거침없이 쏘다니며 몬스터를 사냥했다. 내가 '만렙'을 달성했을 때나 승급을 했을 때도 곁에서 축하해준 사람들은 모두 길드원이었다.

　이렇게 쓰고 보니 주야장천 게임만 하며 청소년기를 보낸 것 같지만, 아니다. 나는 게임보다 만화에 더 많은 시간을 쏟았다. 게임은 주말에 몰아서 하는 취미였고 평일에는 대개 만화책을 읽거나 만화 커뮤니티 활동을 하며 시간을 보냈다.

　내가 만화에 관심을 갖게 된 가장 큰 계기가 게임 〈바람의 나라〉이긴 했다. 게임을 너무 하고 싶은데 평일에는 PC방에 갈 수 없어서 대신 만화방에서 원작 만화 『바람의 나라』를 빌려 읽었다. 나는 곧바로 무휼과 연의 운명적인 로맨스에 푹 빠져버렸고 그날로 한국 순정만화의 열렬한 팬이 되었다.

　그전까지는 〈피구왕 통키〉라든가 〈웨딩피치〉 같은 어린이 애니메이션을 주로 봤었는데 『바람의 나라』를 만나면서부터 내 만화관은 단숨에 확장됐다. 그 후로는 황미나, 김혜린, 강경옥 같은 여성 만화가들이 보여주는 이야기들의 세계 속에서 하루하루를 보냈다.

그즈음 만화채널 투니버스에서는 낮시간대에 〈짱구는 못 말려〉, 〈드래곤볼〉 같은 전체 관람가 애니메이션을 방영하다가도 밤 열 시만 지나면 어둡고 비밀스러운 만화를 내보냈다. 〈카우보이 비밥〉, 〈트라이건〉 같은 만화에서는 고뇌에 빠진 고독한 주인공이 어두운 내면의 상처를 따라 자신의 길을 찾아가곤 했다. 이 애니메이션은 마침 혼란스럽고 불안한 학창 시절을 보내던 내게 안성맞춤이었다. 그런 만화를 볼 때도 나는 여전히 후드를 뒤집어쓰고 있었다. 나의 세계에 몰입하는 듯한 기분으로 애니메이션들에 푹 빠져들었다.

만화에 한껏 빠져 있던 시절에도 나에겐 커뮤니티가 있었다. 인터넷으로 연결되어 함께 만화에 대해 이야기하는 사람들이 모인 곳이었다. 게임은 분당 20원씩 추가로 돈이 들었지만 인터넷은 통신요금만 신경 쓰면 돼서 비교적 마음이 가벼웠다. 전날 밤 투니버스에서 방영한 만화를 보고 나면 다음 날 만화 커뮤니티에는 그 만화를 본 사람들이 모여 와글와글 수다를 떨었다. 커뮤니티 채팅방에도 상주하는 사람들이 있었다. 하교하면 곧바로 가방을 벗어던지고 채팅방에 들어가 어제 본 에피소드가 어땠는지, 앞으로 어떻게 전개될 것 같은지 그들과 열심히 수다를 떨었다.

밤 열 시, 투니버스를 튼 텔레비전 앞에 앉아 있는 건 나 혼자였지만 커뮤니티 사람들 모두 각자의 장소에서 같은 시간에 같은 만화를 보고 있다는 걸 상상하면 외롭지 않았다.

게임 길드원들은 한 번도 실물로 만나지 못했는데 만화 커뮤니티 사람들은 한 달에 한 번씩 꼭 만났다. 매월 열리는 만화축제, 코믹월드에서였다. 코믹월드에 갈 때는 반드시 양옆에 주머니가 달린 후드티나 후드집업을 입고 갔다. 여기에는 실질적인 효용이 있었다. 코믹월드에는 그곳에서만 살 수 있는 만화책과 굿즈가 가득해서 이 전리품들을 소중히 챙길 장비가 필요했다. 일단 이 굿즈들을 모두 담을 수 있는 커다란 백팩은 필수. 그렇지만 백팩만 있으면 지갑을 그때그때 넣었다 꺼내는 게 여간 불편한 게 아니다. 신용카드는 없이 현금만 있던 때라서 동전으로 나오는 거스름돈도 따로 챙겨야만 했다. 책과 굿즈를 수납하기 위해 백팩을 골랐다면, 그때그때 돈을 잘 수납할 장비로 후드티가 필요했다. 그래서 나는 늘 주머니가 깊은 후드티를 입고 코믹월드에 갔다.

코믹월드를 한참 돌고 나오면 눈이나 비가 오

는 경우도 종종 있었다. 그래도 후드티만 있으면 크게 걱정할 필요가 없었다. 후드를 뒤집어쓰고 지하철역까지 달리면 충분했으니까. 게다가 후드티는 옷이 워낙 편해서 행사장을 오래 돌아다녀도 전혀 피로하지 않았다. 코믹월드에 가서 얼마만큼 사든, 얼마나 오래 돌아다니든, 후드티는 나를 든든하게 지원해주는 최적의 장비였다. 후드티는 어떤 상황에서도 결의를 다질 수 있게 했다. '자, 이제 해볼까' 하고 말이다.

학창 시절에 공부나 시험이 아니라 게임과 만화에 이런 전의를 불태웠다는 사실이 어떤 사람에겐 다소 이상하게 보일 수도 있을 것 같다. 확실히 그때 나는 서브컬처에 필사적이었다. 내가 애써 찾은 이 취미들을 즐기기 위해 나는 정말이지 최선을 다했다. 아니 최선을 다한 정도가 아니라 사력을 다했다. 내가 유일하게 성취를 이룰 수 있었던 건 게임 속 세계에서였다. 내가 다른 세상을 꿈꿀 수 있게 해준 건 만화였다. 게다가 게임에도, 만화에도 나를 일원으로 받아주는 커뮤니티가 있었다.

게임에선 아무리 강력한 몬스터가 나오는 던전이라도 용기 내어 들어갔다. 코믹월드가 얼마나 먼 곳에서 열리든 기어이 찾아갔다. 그러나 중학교에서 나는 그 어디에도 가지 않았다. 학교에서 내 공간은 책상 한 칸이었고 나는 나에게 할당된 그 공간을 벗어나지 않은 채 잠자코 있는 아이였다.

수학여행을 가야 했던 날, 나는 배가 아프다는 핑계를 대며 집 화장실에 틀어박혀 나가지 않았다. 화장실 문밖에서 엄마가 담임 선생님과 통화하며 아쉽다고 말하는 소리가 들려왔다. 나는 그렇게 끝내 수학여행 버스에 오르지 않았다. 대신 가방을 둘러메고 학교에 갔다.

아무도 없는 텅 빈 교실. 나는 특별활동 선생님과 마주 보고 앉아 혼자 종일 자습을 했다. "친구들은 지금쯤 재밌게 구경하고 있을 텐데, 아쉽지 않니?" 하는 선생님 물음에 "아, 그러게요" 하고 대답했다. 진짜 하고 싶은 대답은 그게 아니었다. 내가 진짜 하고 싶은 말은 목구멍 아래로 눌러 삼켰다.

'아뇨, 전 친구가 없어요.'

처음부터 따돌림을 당한 건 아니었다. 그 폭력의 기원이 어디부터였는지 낱낱이 찾아 올라가기가 쉽지도 않다. 초등학교 고학년으로 올라가고서부터 나는 줄곧 폭력의 굴레 속에 있었다. 지금 보면 한참이나 어린 나이인데 우리는 그 나이 때 이미 폭력을 알았고 힘의 논리를 체득했다. 스카우트 선배들은 방과 후에 후배들을 미술실로 집합시켜 투명의자와 오리걸음을 번갈아 시켰다. 학원과 학교에서는 서로를 따돌리고 또 따돌림당했다. 내가 처음 따돌림을 경험한 것도 학원에서였다. 숙제를 안 해 갔을 때 학교에선 회초리로 맞았다면, 쇠파이프로 아이들을 때리는 곳이 학원이었다. 매주 치르는 시험으로 성적이 매겨지면 성적순으로 앉는 자리가 배정되는 곳이기도 했다. 그러니 학원에서 교실 맨 끝자리에 앉으면 선생님에게도 친구들에게도 은연 중에 무시를 당해야 했다.

그런 경험들이 초등학생 때부터 내 안에 차곡차곡 쌓였다. 그리고 나조차도 폭력을 재현하는 괴물이 되었다. 이어 올라간 중학교에서는 일명 '돌림따'가 이어졌다. 그때 내가 속한 그룹은 동급생 일고여덟 명이 한 무리로 함께 다녔는데, 그 안에서 매주 한 명씩 돌아가며 따돌림 대상이 됐다.

내 차례는 오지 않으리라고 믿은 게 화근이었다. 태평하게 주말을 보내고 등교한 월요일, 나를 바라보는 아이들 눈빛이 일순 바뀌어 있었다. 내 차례가 온 것이었다. 뭐랄까, 자업자득이었다. 누군가를 따돌리는 문화에 동조한 끝에 자연스럽게 나에게도 순번이 온 것뿐이었다.

때리거나 밀치는 것 같은 물리적인 괴롭힘을 당하지는 않았다. 간혹 몇 명이 큰 소리로 나를 욕하거나 조롱하긴 했어도 대놓고 직접 괴롭히지는 않았다. 물건을 빼앗는 것도 아니었다. 다만 나는 무리에서 소외되었다. 누구도 나에게 말을 걸지 않았다. 가장 큰 어려움은 혼자 점심을 먹는 것이었다.

눈에 띄는 괴롭힘이 없었고, 게다가 나도 그런 따돌림에 가담한 적이 있었기에 누구에게도 내 상황을 적극적으로 알리고 도움을 요청할 수 없었다. 어쨌든 내 죗값이 내게 찾아온 것뿐이었으니까.

그래도 '돌림따'인 만큼 내 순번이 끝나는 날도 분명 있었다. 대개 아이들은 따돌림당하는 때가 끝나면 다시 무리에 합류했고 그렇게 따돌림에서 벗어나면 다른 아이를 또 타깃으로 삼았다. 나는 따돌림이 끝난 후에 그 무리에 다시 끼지 않았다. 자의가 아니라 타의였는지도 모르겠다. 그 경험 이후 내 마음속엔 우울증이 자라났다.

다시는 따돌림을 당하지도 않았다. 그저 혼자인 상태가 이어졌다. 다시 친구를 사귀어도 오래가지 못했다. 학급에서는 투명인간에 가까운 사람이 됐다. 동급생들뿐만 아니라 선생님들도 나를 투명인간으로 여겼다. 그 후로도 오랫동안 학교에서 나는 혼자였다.

사실 게임이야말로 끊임없는 전투의 세계다. 그러나 당시에 내가 느낀 학교의 폭력성은 온라인 게임에 비할 바가 아니었다. 폭력으로 가득한 세계에서 나를 지킬 방법은 오로지 온라인으로 연결되는 것이었다.

내가 좋아하는 것들을 통해서 다른 이들과 연결되어 있다는 사실은 나에게 큰 위안이 되었다. 그 취향이 있기에 나는 다른 세계에 접속되어 있었고, 한 세계의 일원으로서 존속할 수 있었다. 나는 그곳에서만 내 존재감을 확인할 수 있었다. 좋아하는 것마저 표현하지 않으면 극도의 외로움에 나 자신을 통째로 잃어버릴 것 같았다.

그 결과 나에게는 오타쿠라는 말이 따라 붙었다. 그런 손가락질에도 나는 내 취향이 부끄럽지 않았다. 학교에서도 내가 좋아한 만화 캐릭터 굿즈를 꿋꿋이 가방에 매달고 다녔다. 쉬는 시간에는 만화책에 기름종이를 대고 열심히 따라 그렸고, 하교하고 집으로 돌아오면 가방을 던지고 곧바로 컴퓨터 앞으로 달려가 신작 게임의 베타테스터 모집에 응모하거나, 만화 대여점에서 빌려 온 신작 만화책을 읽었다.

고통스러웠던 학창 시절, 나는 혼자임을 견디는 데 언제나 필사적이었다. 그리고 어떻게든 절망에 지지 않겠다는 결의를 다졌다. 그럴 때는 언제나 후드티를 입고서였다.

내 하루하루의 증인

『아무튼, 후드티』를 계약하는 날, 출판사 대표님이 문득 물었다.

"그런데 후드티가 얼마나 있으세요?"

한 번도 받아보지 못한 물음에 머리가 띵해졌다. 잠시 망설이다 체감으로만 따져 대답했다.

"(전체 옷 중에) 70퍼센트 정도인 것 같아요."

집에 와서 세어보니 70퍼센트라는 숫자는 틀렸다. 간절기와 겨울에 입는 상의 서른한 벌 중에 후드티는 열일곱 벌. 70퍼센트보다 한참 적은 54퍼센트였다. 후드티 열일곱 벌 중에 후드집업은 다섯, 기모 후드티가 여섯, 기모가 아닌 후드티가 여섯이었다. 일부러 맞춘 것도 아닌데 숫자가 대체로 맞아떨어지는 게 신기했다. 후드티가 아닌 나머지 열네 벌의 구성도 꽤 재미있다. 각각 두 벌씩 있는 셔츠와 맨투맨을 뺀 나머지 열 벌은 모두 후드티와 함께 입기 위해 산 옷이었다. 후드티 안에 입을 옷으로 반소매, 긴소매, 터틀넥 등이 종류와 두께별로 총 일곱 벌 있었고, 이너웨어와 후드티를 겹쳐 입고도 추울 때를 대비해 산 조끼가 한 벌, 카디건이 두 벌이었다. 결국 후드티가 54퍼센트고 후드티를 위한 옷이 32퍼센트로 내 옷장의 8할 이상이 후드티를 위해 채워져 있는 셈이다.

물론 아무리 옷장의 8할을 후드티로 채운 사람이라도 처음부터 후드티에 대해서 글을 쓸 생각이 있었던 건 아니다. 사실 나는 후드티보다는 게임이나 만화를 더 사랑하는지도 모른다. 어떤 이는 내가 후드티에 대해서 글을 쓴다는 말에 포복절도하기도 했다.

"후드티로 글을? 아니 책을 낸다고? 후드티에 대해서 할 말이 그렇게 많아?"

그 밖에도 다들 각양각색이었지만 의아하다, 놀랍다, 대체로 그런 반응이었다. 사람들이 하도 놀라니 후드티를 단순히 좋아하기만 해서는 내가 후드티에 대해 글을 쓰는 이유를 설명할 수 없을 것 같았다. 이왕 글을 쓰기로 했으니 아는 척이나마 할 수 있게 후드티를 공부해보기로 했다.

손가락 두 마디 정도로 아주 두꺼운 서양의복사 관련 책을 한 권 구해 팔랑팔랑 넘겨가며 후드티를 공부했다. '야메'로 배운 후드티는 이름부터 달랐다. 후드티는 콩글리시고 외국에서는 후디(Hoodie)라고 부른다. 국립국어원 표준국어대사전에서는 '후드^티'로 명시하며 '머리 부분을 덮는 쓰개가 달린 티'라고 설명하고 있다.

서양의복사 책의 두께에 비해 '쓰개 달린 옷'

이 나온 부분은 매우 짧았다. 자세히 설명되어 있진 않았지만 '쓰개 달린 옷'의 역사는 꽤 긴 편이었다. 일반적으로 후디의 탄생을 중세시대 수도승들이 입던 모자 달린 로브(Robe)로 봤지만, 모자와 옷이 일체화된 형태의 복식은 로마시대부터 있었다. 당시 신분을 막론하고 모두가 즐겨 입던 옷 파에눌라(Paenula)다. 파에눌라는 정확히 말해 소매가 없는 망토 형태의 옷이고 '모자'라는 의미는 들어 있지 않다. 모자가 달렸다기보다는 머리를 집어넣을 수 있는 구멍이 있는 옷으로 설명된다. 동화『빨간 모자』에서 소녀가 입은 빨간 망토가 딱 파에눌라와 같은 형태다. 빨간 망토를 입은 소녀가 빵이 든 바구니를 들고 할머니의 집으로 향한 것처럼 파에눌라도 로마인들이 여행을 갈 때 주로 입었다고 한다.

13세기 유럽에서 유행한 에리고(Herigaut)는 파에눌라보다 형태 면에서 후드티에 더 가까워 보인다. 소매가 아예 없는 망토 형태인 파에눌라에 비해 팔을 넣을 수 있는 소매가 있기 때문이다. 다만 그 소매는 팔을 제대로 넣기 위해 만들어졌다기보다는 장식용으로 길게 늘어뜨리는 형태의 틈 정도다. 그림으로 찾아보면 요즘 여성복에서도 종종 볼 수 있는 흔한 스타일이다. 에리고에 모자가 달려 있긴 하지만 에리고의 특성은 모자보다는 소매에 있다고 한다. 흔히 후드티의 기원이라고 보는 중세 수도승 복장 로브도 위아래가 붙은 긴 복식에 중점이 있고 모자에 강조점이 있지는 않다.

현대적인 후드티가 등장한 건 1930년대 미국에서다. 우리나라 사람들이 주로 '맨투맨'이라 부르는 스웨트셔츠가 후드티보다 더 먼저 만들어졌다. 스웨트셔츠는 기존에 운동복에 쓰이던 울 소재보다 훨씬 부드럽고 땀 흡수력이 좋아서 새로운 운동복으로 각광받았다고 한다.

스웨트셔츠가 개발된 역사도 정말 흥미롭다. 면 소재로 된 스웨트셔츠를 처음 제안한 사람은 당시 풋볼 선수였던 벤저민 러셀 주니어다. 울로 만들어져 따갑고 두꺼운 운동복을 견디지 못해 운동선수가 직접 만든 것이다. 그리고 러셀이 개발한 스웨트셔츠에 로고 프린팅 기법을 도입해 각 단체의 로고를 인쇄할 수 있게 한 것이 바로 챔피언(Champion)이다. 그전까지 스웨트셔츠가 운동을 좋아하거나 전문으로 하는 개인들을 위한 옷이었다면, 챔피언은 스웨트셔츠에 단체 이름과 번호를 프린팅해 단체복으로 용이하게 쓸 수 있도록 한 것이다(번호를 부여한 건 특정인들에게 특정한 번호를 주기 위해서가 아니라 단순히 숫자를 맞추기 위해서였다고).

'챔피온'사는 프린팅 기법에 더해 모자를 단 스웨트셔츠인 후디드 스웨트셔츠를 개발해 운동과 훈련에 사용할 수 있도록 했다. 주된 납품처는 군대였다. 이것이 바로 후드티의 시작이다. 지금도 많은 운동선수가 후드티를 입고 운동하는 모습을 심심찮게 찾아볼 수 있는 건 이 때문이다. 챔피온사가 도입한 로고 프린팅 기법을 통해 대학 이름과 숫자가 인쇄된 단체복도 곧 제작되었다고 한다.

후드티를 처음 개발한 챔피온의 후드티를 소장한 사람들이 우리나라에도 꽤 있을 것이다. 아닌 게 아니라 챔피온 후드티는 지금도 청년들에게 인기가 많다. 그렇지만 챔피온이 후디드 스웨트셔츠를 개발한 이래로 꾸준히 사랑받아온 건 아니다. 챔피온은 초창기 후드티 제작에 혁혁한 공을 세운 회사지만 한동안 이렇다 할 차별성을 보여주지 못하고 서서히 하락세를 걷고 있었다. 그러다 10여 년 전부터 레트로 붐의 수혜자가 되어 지금은 밀레니얼 세대가 좋아하는 후드티 브랜드가 됐다. 물 들어올 때 노 젓는다는 말처럼 챔피온은 레트로 열풍이 불자마자 당대 가장 힙한 브랜드와도 수차례 컬래버레이션을 진행하며 세련된 옷을 내놓기도 했다. 지금 챔피온은 명

실상부 힙스터들의 애장품으로 완벽하게 자리를 잡았다.

후드티는 후드티를 즐기는 문화와 맥락 속에서 '후드티'가 된다. 이 역사 속에서 후드티는 단지 모자가 달린 스웨트셔츠라기보다는 운동복, 단체복, 로고, 이 세 가지 요건이 어우러진 특정한 복식으로 존재하는 것이다.

운동, 단체, 로고라는 세 가지 요소는 나로서도 후드티를 즐길 수 있는 중요한 요소다. 그러나 내 삶의 맥락 속에는 내 삶의 고유성과 결합된 나만의 후드티가 있다. 무엇보다 지금의 내게 후드티가 의미를 갖는 지점은 바로 '일상'이다. 후드티는 내게 일상을 지탱하는 일상복이다.

나는 다소 복잡한 일상을 산다. 낮에는 개발자로 일하며 회사에 다니고, 회사에서 퇴근하면 곧바로 어린이집으로 달려가 아이를 하원시키는 엄마가 되며, 아이를 재우고 난 뒤에는 만화평론가와 캠페이너로서 활동한다.

정체성을 여럿 가졌다고 해서 내가 자랑스럽거나 뿌듯한 적은 별로 없다. 오히려 나는 거의 항상 잘못 살고 있다고 느끼고 늘 자괴감에 빠져 허우적거린다. 내가 활동하는 내용들에 대해 정말 대단하다고 추켜세우는 사람들도 있다. 그러나 사실 그런 말을 들으면 내내 마음이 편치 않다. 겉으로 드러난 단어야 '대단해'지만 그 뒤에는 일종의 추궁이 뒤따른다는 걸 알기 때문이다. '대단해. 그렇지만 왜 그렇게 사니. 나는 너처럼 그렇게까지 하면서 살고 싶지 않아.'

그래서 나는 하는 일을 축소해서 말하거나 아예 말하지 않는 편이다. 친한 친구나 남편조차도 내가 어떤 일들을 하는지 정확히 알지 못한다. 많은 일을 하고 있으면서도 나는 많은 일을 놓지 못하는 것이 부끄럽기 때문이다. 왜 세상살이를 여유롭게 즐기지 못하고 일에 치여 버둥대는지 나 자신을 한심해하는 편이다. 그렇지만 내 안의 궁금증은 날로 뻗어나간다. 나는 그 물음을 하나씩 거두려 최선을 다할 뿐이다. 그러니 내 자신을 한심하게 여기면서도 과하게 탓하고 싶지는 않다.

보통 새벽 다섯 시에 하루를 시작한다. 탄력근무제를 신청했기 때문에 여덟 시에 출근해 다섯 시에 퇴근하는데, 회사가 집에서 왕복 세 시간 거리에 있어서 일찍 일어나야 한다. 통근 시간, 오로지 이동을 위해 보내는 시간이 이렇게나 긴 건 여러모로 괴로운 일이다. 대신 새벽 대중교통은 언제나 착석을 보장하기 때문에 그 시간에 글을 쓰거나 책을 읽을 수 있어 편리하다. 회사에 있으면 일을 해야 하고 집에 있으면 아이를 돌봐야 하니 이런 자유시간을 내기란 쉽지 않아 회사를 오가는 시간만큼은 자유롭게 글을 읽고 쓴다. 모바일로 글을 쓰는 게 처음엔 어려웠는데 지금은 많이 익숙해졌다. 이제는 컴퓨터 앞에 앉아 글을 쓸 때보다도 더 빨리 생각을 정리할 수 있다.

그렇게 출근하면 보통 일곱 시 전후에 사무실에 도착한다. 한 시간 정도 개인 용무들과 일찍 처리해야 하는 일들을 정리하며 업무를 본다. 다섯 시가 되면 곧바로 퇴근하고 어린이집으로 '달려간다.' 정말로 달린다. 어린이집으로 가기 위해 버스를 타고 지하철로 환승한 뒤, 다시 다른 호선 지하철로 갈아타야 하므로, 이 과정에 걸리는 시간을 최대한 단축하려고 뛴다. 그렇게 어린이집에 도착해 아이를 데리고 집에 오면 대개 일곱 시가 넘는다.

아이를 데려온 후 곧장 집으로 갈 때도 있지만 일주일에 한 번꼴로 다른 회의에 참여한다. 만화연구 모임, 캠페인 회의, 정책 스터디, 프로젝트 회의 등이다. 각각의 주기는 한 달에 한 번꼴인데 그런 회의가 네다섯 개라서 늘 일주일에 한 번은 회의가 있는 셈이다. 코로나19 바이러스 예방 및 방역 지침에 따라 최근에는 모든 회의가 화상회의로 전환됐다. 그래서 요즘은 회의가 있는 날에도 곧장 집으로 가지만 그렇지 않을 때는 아이를 데리고 회의 장소나 시위 현장으로 가기도 했다.

특히 매년 여성의날 시위에는 아이와 함께 집회에 참석했다. 아이 손을 잡고 부스를 돌아다니면 아는 얼굴이 있는 것도 아닌데 인심 좋은 사람들이 쿠키나 젤리 같은 것들을 아이에게 나눠줬다. 부스를 돌다가 간식거리를 한가득 얻은 아이는 헤벌쭉한 얼굴로 "오늘 할로윈 데이야?" 하고 묻기도 했다.

한번은 안희정 전 충남도지사의 성폭력 무죄 판결에 항의하기 위해 서울서부지방법원 앞에서 열린 시위에 아이와 함께 참여했다. 그날따라 아이는 음식 모형이 잔뜩 든 냉장고 장난감을 갖고 갔는데 자리에 앉자마자 태연하게 음식 모형을 하나씩 진열하기 시작했다. 그 모습을 본 다른 집회 참여자가 "어머, 애 봐. 애는 철야농성 준비까지 해왔네"라고 해서 모두를 웃게 했다.

이 모든 일이 가능하려면 아이의 컨디션이 좋아야 한다. 아이가 피곤해하거나 어딘가 아프기라도 하면 내 일정은 올스톱된다. 아이의 컨디션이 변수로 작용한다는 것은 그 과정에서 나만큼은 결코 변하지 않는 상수가 되어야 한다는 뜻이다. 나는 이미 무리하고 있는 일정을 소화하기 위해, 그러는 가운데서도 내 피로도를 최소화하기 위해 총력을 기울인다. 홍삼부터 비타민C, 오메가3 등 영양제는 필수다. 늘 골칫덩이인 위를 진정시키려고 양배추즙도 달고 다닌다. 거기에 더해 가장 편한 운동화를 신고 가장 가벼운 가방을 멘다. 어차피 안에 담는 게 많으므로 가방이라도 가벼워야 한다. 아이와 함께라면 항상 양손이 자유로워야 하므로 백팩을 선호하는 편이다.

그리고 무엇보다도 중요한 건 옷이다. 새벽 다섯 시부터 늦으면 밤 열 시까지 이어지는 열일곱 시간 가까운 강행군이 가능하려면 옷이 불편해선 절대로 안 된다. 가슴이나 허리, 팔이나 소매, 어디 한군데라도 옷이 몸을 조이거나 거슬리면 저녁 무렵부터 이미 초주검 상태가 된다. 그러므로 옷이 넉넉해야 한다. 옷에 이것저것 수납까지 되면 더 좋다. 그러니 캥거루 같은 주머니가 달린 후드티만을 극성맞게 찾게 된다.

편하다는 것 외에 후드티의 장점은 또 있다. 후드티는 내가 다니는 장소 어디에나 착 어울린다. 그

뿐이랴, 내 역할에도 무리 없이 들어맞는다. 시위 현장에서 후드티는 유니폼이나 다름없다. 그건 개발자에게도 마찬가지다. 내가 후드티를 입든 원피스를 입든 아이는 항상 날 사랑해주니까 엄마 역할을 해내는 데에도 문제없다. 오히려 아이를 안는 데 미끄러지지 않고 아이의 물건을 언제든 수납할 수 있다는 점에서 후드티는 가산점을 얻는다.

　흔하디흔해 모자가 달린 것 외에 별다른 특징이 없어 보여도, 그렇기 때문에 이 옷은 무던하게 내 모든 일상을 받아 안는다. 그뿐만 아니라 후드티는 내 일상을 낱낱이 알고 있는 유일한 동료이기도 하다. 피곤한 하루가 끝나고 귀가하는 버스에 몸을 싣고 나면 기나긴 하루를 함께했던 후드티를 괜스레 만지작거린다.

　종종 무슨 부귀영화를 누리려고 그렇게 사느냐는 질문을 받는다. 그런 질문을 받을 때마다 의기소침해진다. 글쎄, 매일같이 로또 당첨을 꿈꾸고 있긴 하니까 부귀영화를 바라지 않는 건 확실히 아니다(그렇다고 로또를 사지도 않는다). 일상을 비약적으로 변화시켜 부귀영화를 향한 고속도로를 타고 싶다고 생각해보지는 않았다. 그런 고속도로가 누군가에겐 있을지 몰라도 적어도 내겐 접근조차 불가능하다. 나는 머리가 비상하게 좋은 편도 아니고 인간관계가 넓은 편도 아니며, 무엇보다 어디가 고속도로인지 파악하는 능력이 없다. 그런 쪽으로는 오히려 길치에 가깝다.

내가 견뎌내는 건 그냥 하루하루, 그저 일상이다. 목표를 위해 달려가지도 않고, 무언가 되려고 노력하지도 않는다. 먼 미래를 바라보며 내 위치를 가늠하는 일엔 영 소질이 없어서 그저 오늘 하루를 잘 넘기려고 애쓴다.

다만 조금 다른 게 있다면 궁금증이 많다는 것 정도일까. 내게 세상은 거대한 물음표라서 나는 궁금한 것들에 대한 답을 찾아 헤맨다. 답을 찾고 나서 무얼 하게 될지는 모르겠다. 다만 지금 당장 할 수 있는 일을 찾아 시도해보는 걸 좋아한다.

나에게 중요한 건 먼 미래가 아니라 바로 오늘이다. 대개의 오늘, 나는 후드티를 입는다. 후드티는 하루를 견디게 할 뿐 아니라 여기저기 터져나가는 내 온갖 호기심을 끝없이 지탱해준다. 내가 가장 외로웠던 날들, 가장 잘 해내고 싶은 날, 그리고 사랑하는 아이와 함께 있는 날까지 나는 후드티와 함께였다.

그러니 후드티에 대해 쓴다는 건, 인생의 중요

한 고비마다 나를 지켜온 친구에 대해 글을 쓰는 것과 다름없다. 어쩌면 그 후드티를 입고서 통과한 나의 삶, 자랑할 것도 없고 어찌 보면 분주하기만 한, 아직 무언가 완성형이 아닌 채로 하루하루 채워가고 있는 나의 일상의 이야기이기도 할 것이다.

　기나긴 역사를 지나 후드티가 내게 도착한 것처럼, 나는 후드티를 입고 이 글을 쓴다. 무한히 감사한 마음으로.

후드티가 신분증이 될 때

야구나 드라마를 좋아하는 편은 아니지만 2019년 연말 즈음 방영한 드라마 〈스토브리그〉만큼은 정말 재미있게 봤다. 나와 남편은 〈스토브리그〉가 방영되는 날이면 맥주와 안줏거리를 사놓고 드라마를 시청했다. 야구를 모르는 문외한이어서 평소 야구 경기라면 질색하고 싫어했는데 〈스토브리그〉는 달랐다. 애초에 '스토브리그'라는 단어 자체가 야구 경기를 하지 않는 비시즌 기간을 의미하는 만큼 드라마는 야구 경기보다 선수 계약이나 구단 운영에 초점이 맞추어져 있었다.

후드티의 태생이 운동복이듯 이 야구 드라마에는 후드티가 상당히 많이 등장한다. 그런 점이 후드티 애호가인 내 마음을 더 사로잡은 걸까. 이 드라마를 볼 때마다 나도 후드티를 입고 앉았다. 선수들이나 운영팀원들이 후드티를 입고 나올 때마다 모종의 동질감마저 느꼈다.

여느 날처럼 남편과 함께 〈스토브리그〉를 보던 중, 너무나도 낯선 후드티를 발견했다(물론 나는 그때도 후드티를 입고 있었다). 낯선 후드티의 주인공은 'PF소프트'사 회장이었다.

구단 운영에서 가장 중요한 건 돈이 아니던가. 기존에 '드림즈' 야구단을 맡아 예산을 지원하던 구단주가 드림즈 해체를 선언하자 주인공 백승수 단장은 구단을 인수해줄 새 구단주를 직접 물색한다. 그때 백승수 단장 눈에 들어온 곳이 바로 IT회사인 PF소프트였다(아마 실제로 구단을 갖고 있기도 한 NC소프트를 모티브로 한 것 같다).

백승수 단장은 PF소프트 회장에게 드림즈 구단 인수를 제안하기 위해 독대를 청한다. 그러나 그와의 만남에서 PF소프트 회장은 시종일관 무례하게 굴며 거만한 질문을 던진다. 재킷을 걸치긴 했지만 그가 입은 옷은 후드티에 청바지였다. 태도부터 복장까지 단정한 단장과는 사뭇 대조되는 모습이었다. 그저 개발자 출신 기업인의 면모를 보여주려는 설정으로 후드티를 입은 것일 수도 있겠지만, 내겐 그 후드티가 다른 의미로 다가왔다. 그의 후드티는 '이 자리에서 나는 너에게 체면을 차릴 필요가 없다'라는 걸 드러내는 시그널이었다.

PF소프트사 회장이 입은 후드티와 같은 후드티를 현실 세계에서도 여러 번 목격했다. 상위 0.1퍼센트의 기업인이 공식 석상에 늘 후드티를 입고 나온다거나, 대기업 임원이 자사 기술제품을 홍보하는 공식 프레젠테이션 자리에서 후드티를 입고 나오는 모습들이 그렇다. 기업인들에게 후드티는 손쉽게

걸칠 수 있는 젊음과 혁신의 아이콘이자 자기 권력을 명징하게 표현하는 도구로 활용된다. 페이스북의 CEO 마크 저커버그가 대표적이다.

다른 어떤 이에게 후드티는 몸으로서 인식된다. 모든 사람이 그를 그저 '후드티'로 바라본다. 미국에서 있었던 일이다. 2012년 2월 26일 후드티를 입고(정확히는 후드를 뒤집어쓰고) 길을 걷던 흑인 청소년 트레이번 마틴이 총에 맞아 죽었다. 그의 나이 열일곱이었다. 마틴이 딱히 의심스러운 행동을 한 건 아니었다. 편의점에서 간식거리를 사서 돌아오는 길에 자율방범대원이 그를 범죄자로 오인해 총을 쐈다. 마틴의 죽음은 흑인차별반대 운동의 도화선이 되었다. 사람들은 후드티를 입은 트레이번 마틴의 사진을 들고 대규모 시위를 이어갔다. 마틴처럼 후드티를 입고서였다.

마틴의 죽음에 대해 의회에서 발언하려 한 하원의원 보비 러시도 후드티를 입었다. 보비 러시는 연단에 오른 직후 재킷을 벗고 재킷 안에 입고 있던 후드티의 후드를 뒤집어썼다. 그 모습은 총격당했을 때의 트레이번 마틴과 같았다. 그러나 보비 러시가 발언을 이어가려는 찰나 하원의장 대행으로부터 지적을 받는다. 의장은 후드를 벗든지 회의장을 나가

든지 하라고 엄중히 경고했고 이에 보비 러시는 밖으로 걸어 나갔다. 일종의 항의였던 셈이다.

마틴의 죽음은 후드티 애호가인 내게 큰 충격을 안겼다. 더불어 그의 죽음은 내 일상 속 차별에 눈을 뜬 계기가 되었다.

사실 나에겐 오랫동안 도외시해온 후드티가 있다. 후드티를 한참 입지 않았을 때 있었던 일이다. 사회초년생 시절 몸담았던 회사는 정규직과 계약직 노동자 사이에 차별이 꽤 심한 편이었다. 정작 회사에 다닐 땐 그게 차별인 줄 몰랐다. 그저 공정한 룰인 줄만 알았다.

그 회사는 복장 규정이 매우 엄격한 편이었다. 입사 후 신입사원 교육을 받을 때 인사담당자는 복장 규정을 힘주어 설명했다. 스크린에는 바지 정장을 입은 남자와 치마 정장을 입은 여자가 그려져 있었고, 그 위에는 두꺼운 글씨로 '비즈니스 캐주얼'이라고 큼지막하게 쓰여 있었다. 정장도 캐주얼도 아닌 '비즈니스 캐주얼'의 세계는 놀랍도록 구체적이고 상세했다.

먼저, 셔츠를 입을 때는 반드시 바지 안으로 셔츠를 넣어 벨트로 정돈해야 한다. 벨트도 단정하고 깔끔한 것이어야 하고 버클이 지나치게 크거나 화려해서는 안 된다. 면바지는 가능하지만 청바지는 불가능하고, 칼라가 있는 피케셔츠는 가능하지만 라운드티셔츠나 후드티는 불가하다. 여성들 스타킹 색깔도 세세하게 규정되어 있었다. 검은색, 살구색, 커피색 스타킹은 허용되지만 색깔이 강렬한 스타킹이나 발목 레깅스는 허용되지 않는다. 운동화가 안 되는 건 물론이다. 언제나 구두를 신어야 한다.

당시 신입사원 교육은 교육 기간만 서너 달에 이를 정도였고, 그룹사 교육부터 계열사 교육, 기술 교육, 조직 교육, 부서 내 OJT에 이르기까지 프로그램도 다양했다. 신입사원 교육의 태반은 회사에 걸맞은 인재상에 대한 내용이었다. 수개월 동안 회사에 대해 철저한 주입식 교육을 받다 보면 정식으로 일을 시작한 것도 아닌데 애사심이 솟구쳤다.

신입사원 교육에 서너 달을 쏟아붓는 이 회사에는 독특한 문화가 하나 있었다. 바로 '순혈주의'다. 신입사원 공채 형태로 입사한 이들이 이 회사의 '순혈'이다. 대놓고 이런 걸 이야기하진 않았지만 소수가 모인 편한 자리나 술자리에서는 은밀하게 얘기되곤 했다. 현업에서 경력직 입사자와 공채 입사자가 나란히 승진 경쟁을 하게 되면 성과가 크게 차이 나지 않는 한 당연히 공채 입사자를 뽑을 거라고.

어떤 동료는 술자리에서 "아무개는 어차피 경력직 출신"이라는 말을 아무렇지 않게 했다.

　　같은 정규직 노동자 안에서도 공채 출신과 경력직 입사자를 구분했으니 계약직 노동자나 하청 업체 직원에 대한 차별은 말할 것도 없었다. 당시 내가 개발자로 근무한 조직에서는 100여 개에 달하는 시스템을 관리했다. 시스템 하나하나마다 규모가 꽤 큰 데다 협의해야 할 범위도 넓어서 주로 두세 명이 팀을 짜 하나의 시스템을 관리했다. 그런 경우 한 팀에 한 명 이상은 꼭 하청 업체에 속한 개발자나 계약직 개발자가 포함됐다. 업무가 조금씩 다르긴 했어도 같은 시스템을 관리한다는 차원에서 보면 동일한 업무였다. 종종 하청 업체 개발자가 정규직 직원으로 특별 채용되는 경우도 있었으니 소속만 달랐을 뿐 그런 이동이 가능할 정도로 유기적으로 관계 맺은 동료인 셈이었다.

　　차별은 도처에 있었다. 한 부서에 무기계약직 노동자와 정규직 노동자가 팀을 이뤄 일하는 경우, 같은 해에 입사했더라도 정규직 노동자는 4년을 근무하면 대리로 승진하는데 무기계약직 노동자는 최장 10년까지도 승진하지 못했다. 부서마다 영수증을 처리하거나 간식을 주문하는 것 같은 잡무가 있을 때도 다른 부서에서는 정규직들이 돌아가며 맡는 그 일을 무기계약직 노동자가 있는 부서에서는 꼭 그의 전속 업무라도 되는 것처럼 몇 년이고 그 일을 맡기기도 했다.

그런가 하면 하청 업체 직원들과 정규직 노동자들은 복장에서부터 차이가 났다. 하청 업체 직원들은 대개 후드티나 티셔츠처럼 편한 옷을 입고 출근하고 정규직 노동자들은 늘 비즈니스 캐주얼을 입어야 했으니까. 정규직 노동자에게 비즈니스 캐주얼을 강요한 복장 지침은 하청 업체 직원들과 정규직을 구별하기 위한 위한 회사의 강박처럼 읽히기도 했다. 누군가 조금이라도 편하게 옷을 입으면 '업체 사람인 줄 알았다'는 가시 돋친 농담을 듣기도 했다.

더욱이 출입문을 들어서는 순간부터 누구나 계약직과 정규직 노동자를 구별할 수 있었다. 출입증 색깔이 달랐기 때문이다. 정규직 노동자만이 파란색 목걸이를 목에 걸 수 있었다. 그곳에서 일하는 하청 업체 노동자 중에는 신입사원 공채로 입사한 선배들보다 이 회사에서 훨씬 오랫동안 근속한 분들도 있었다. 그들의 출입증은 '임시 출입'을 뜻하는 빨간색이었다.

입사한 지 얼마 안 된 신입사원 시절에 정규직

노동자 선배들은 프로젝트에 투입되어 일이 바빴기 때문에 나를 옆에 두고 일을 하나하나 가르쳐줄 여유가 없었다. 내게 개발을 가르쳐준 사람은 대부분 후드티를 입고 출근하는 하청 업체 직원이거나 계약직 개발자들이었다.

그 모든 차별을 옆에서 목도하면서도 나는 부끄럽게도 일말의 문제의식조차 가지지 못했다. 오히려 일을 배우기 위해 그들 옆에서 근무했을 때 철없이 칭얼거리기까지 했다. "맨날 계약직 층에 근무하니 저도 계약직 같아요." 그들을 '후드티'로 본 건 다른 누구도 아닌 나였다.

상류층 기업인이 후드티를 입었을 때 그는 자유와 혁신을 담보한(그리고 새로운 방식의 노동 착취도 겸한) 뉴엘리트로 구별된다. 후드티를 입은 노동자는 더 낮은 계급으로 특정된다. 그렇게 후드티는 구별 짓기의 도구가 된다. 후드티를 누가 언제 입느냐에 따라 다른 의미가 된다는 건 기이한 일이다.

'비즈니스 캐주얼'을 고집했던 그 회사 소식을 얼마 전에 들었다. 이제 비즈니스 캐주얼 규정을 없애고 자율복장으로 지침을 바꾸었다고 한다. 자유롭고 수평적인 분위기를 추구하는 IT회사 트렌드에 발맞춘 변화라고. 그렇다고 반바지나 슬리퍼가 허용

되는 건 아니지만 면바지에 후드티와 티셔츠 정도는 가능하다고 한다. 이제 비즈니스 캐주얼과 후드티의 구분은 없어진 것이다. 그럼 노동자들은 더 자유로워지고 차별도 없어진 걸까? 출입증 색깔도, 업무 분장도 공평해졌을까.

아이러니는 그 회사의 정규직 노동자들 역시 다른 회사의 하청 업체 직원이라는 사실이다. 원청 업체에서 시스템 개발을 위한 프로젝트를 발주하면 내가 다닌 그 회사에서 프로젝트를 따는 형태였다. 그러니 이 회사의 정규직 노동자들 위에 원청이 있는 것도 당연했다. 원청에 들어가 개발할 때는 우리도 후드티를 입고 고객사 사무실로 출퇴근하는 하청 업체 직원이다. 그때 우리는 무엇으로부터 우리를 구별 짓고 싶었던 걸까. 그게 자신의 얼굴인지도 모르고.

B급 개발자의 워너비

코로나19 바이러스 직격탄을 맞기 직전에 나는 생애 처음으로 퍼스널 트레이닝(PT)을 시작했다. 골반과 허리, 어깨 등에 통증이 점차 심해져 내린 특단의 조치였다. 헬스장은 무조건 가까운 곳이 최고라는 생각으로 무작정 집 근처 헬스장 문을 밀고 들어가 트레이닝을 신청했다. 내게 배정된 트레이너 선생님은 공교롭게도 기능성 티셔츠 대신 후드티를 운동복으로 입고 있었다.

첫 오리엔테이션을 시작으로 그 선생님에게 몇 달 동안 트레이닝을 받았다. 그 수개월 동안 지켜보니 과연 선생님은 운동복보다는 후드티를 선호했다. 선생님이 입고 오는 후드티는 하나같이 깔끔하고 단정한 모양새였다. 어떤 후드티는 너무나 내 취향이라서 어디서 샀는지 물어볼까 고민하기도 했다.

그중에 특이한 로고가 쓰인 후드티가 하나 있었다. 로고 모양이 외적으로 예쁘거나 독특한 게 아니라 이름이 독특했다. 꾸밈없이 그저 영어가 큼지막하게 쓰여 있는 로고였다. 앞은 모르는 단어였고 뒤에는 영양제를 뜻하는 'Nutrients'가 인쇄되어 있었다. 너무 궁금한 나머지 운동하다 쉬는 시간을 틈타 슬쩍 물어보았다.

"그게 후드티 브랜드 이름인가요?"

트레이너 선생님이 반색하며 대답했다.

"이건 영양제 회사 이름이에요. 헬스 트레이너로 오래 일한 사람이 설립한 건데요. 이 업계에서 전설적인 사람이에요. 제 롤모델이기도 하고요. 이 후드티는 그 영양제 회사의 굿즈예요. 저도 그 영양제 먹고 있는데, 정말 좋아요."

싱글벙글한 얼굴로 설명하는 그를 보며 나는 그가 입은 옷과 내가 입은 옷이 완전히 다르다는 걸 알았다. 내가 입는 후드티가 내 일상복이라면 그가 입은 건 그의 '워너비'였다. 트레이너 선생님은 훈련 도중 사담을 나눌 때마다 운동을 통해 다른 일을 하고 싶다고 몇 차례 얘기했었다. 수입을 더 늘리기 위함이기도 했지만 무엇보다 의미 있는 일을 하고 싶다고도 했다. 트레이너가 모시는 '사부님'이 있는데 70대의 고령에도 전 세계를 돌아다니며 무술을 전파하는 세미나를 개최한다고 했다. 재작년 미국에서 열린 그의 세미나에는 무려 수천 명이 몰려들었다고 한다. 나로서는 상상조차 해보지 못한 세계라서 꽤 놀라웠다.

그가 있는 곳이 운동의 세계라면 내가 속해 있던 곳은 개발의 세계였다. 사실 개발자들의 패션은 예전부터 악명이 높았다. 언제나 같은 체크무늬 셔츠와 후드티, 면바지가 곧 개발자의 패션이라고 일 컬어지곤 하니까. 어떤 디자이너는 우스갯소리로 빨간색과 파란색 타탄체크 셔츠만큼은 개발자의 옷장에서 압수하고 싶은 옷 1위라고 말하기도 했다. 이렇게 악평이 많은데도 꾸준히 체크무늬 셔츠가 사랑받는 건 그만 한 이유가 있다. 일단 체크 셔츠는 대체로 구김이 안 가는 재질이고(구겨져도 잘 안 보인다) 얼룩이 생겨도 잘 보이지 않는 데다 입었을 때 통기성이 좋아서 오래 입고 있어도 편안하다.

그뿐인가. 여름용 옷인 티셔츠, 간절기 옷인 후드티와도 꽤 궁합이 잘 맞는다. 티셔츠와 체크무늬셔츠, 후드티를 각각 개별 모듈이라고 할 때, 이들은 모듈별로 조합하든 단독으로 입든 나름대로 편하고 어울린다. 다시 말해 호환성과 확장성이 좋은 아이템인 것이다. 나도 사실 체크무늬 셔츠와 셔츠 원피스를 몇 벌 갖고 있다.

그렇지만 이런 체크무늬 셔츠조차도 후드티를 따라올 수는 없다. 그저 편하기만 한 체크무늬 셔츠와 달리 후드티에는 기념품으로서의 효용이 있기 때문이다. 실제로 개발자 콘퍼런스에서는 종종 후드티를 나누어주곤 한다. 샌프란시스코에서 일하는 게임 개발자의 이야기를 다룬 웹툰「샌프란시스코 화랑

관」에서도 주인공 가야는 IT회사 로고가 인쇄된 기념 후드티와 후드집업을 번갈아 입고 다닌다.

무료로 나눠주는 후드티가 아니더라도 IT업계 사람들이 자비로 구매하는 기념품들도 있다. 애플이나 구글 로고가 박혀 있는 후드티는 개발자라면 하나쯤 손에 넣고 싶어 하는 옷이다(애플, 구글 본사에 가면 살 수 있다고 한다). 그런가 하면 개발자들은 깃헙처럼 솔루션 로고가 박힌 아이템이나 파이썬, 자바스크립트처럼 개발 언어 이름이 인쇄된 옷을 입기도 한다.

그러나 아무래도 선호도가 높은 건 기술 콘퍼런스에서 나눠주는 후드티다. 특정 기술 이름이 프린팅된 후드티는 시중에서 구매할 수 있어도 콘퍼런스에서 나눠주는 후드티는 그런 전문적인 현장에 직접 방문했다는 인증이자 나도 그런 전문가임을 어필할 수 있는 굿즈이기 때문이다. 게다가 무료다.

내 옷장에는 기술 스택이 인쇄된 후드티는 한 벌도 없다. 기술과 관련한 옷은 딱 한 벌 있는데 콘퍼런스 행사에서 받은 후드티다. 마르고 닳도록 입어서 다소 해진 감이 있어도 여전히 내가 정말 좋아하는 옷이다. 엉덩이를 살짝 덮는 후드집업인데 등에는 콘퍼런스 로고가 큼지막하게 그려져 있고 가슴에는 행사명이 짤막하게 쓰여 있다.

'Women Techmakers Korea 2018'

이 행사는 IT업계에 종사하는 여성들이 개최한 콘퍼런스였다. 몇몇 IT기업의 후원을 받기는 했어도 거의 전적으로 여성 IT업계 종사자들이 자발적으로 참여해 시작된 모임이기도 하다. 나는 이날 콘퍼런스에서 스피커로 섰다. 발표 제목은 '나에게 맞는 커리어를 만들어가기'. 남들 눈에 결코 '정상적'이라고 보일 수 없는 커리어만 밟아온 내가, 나의 맥락을 만들어가며 일하는 것에 대해 이야기했다.

업계를 모르는 사람 눈에는 다 같은 개발자지만 개발자 안에도 여러 갈래 전문 분야가 있다. 그리고 나는 그 여러 분야를 지그재그로 밟아온 케이스라 어느 한 분야를 콕 집어서 '저는 이런 이런 분야 개발자입니다'라고 소개하기 어려운 면이 있다.

처음 사회생활을 시작했을 무렵 내가 배치된 부서는 개발 표준을 만들고 관리하는 곳이었다. '개발자들의 개발자'랄까. 직접 시스템을 개발하는 일이 아니라 시스템 개발자들이 각각의 시스템을 개발할 때 지켜야 할 가이드라인을 만들고 교육하는 일이다. 개발을 잘 모르는 신입사원이 배치될 만한 부서는 아니었으나 일손이 모자라 그쪽으로 발령이 났다고 한다. 시스템 개발을 해본 적 없는 내가 개발자들을 가이드하는 역할을 맡게 되니 남들보다 두 배세 배는 더 열심히 공부해야 했다.

부서의 가장 약한 고리였던 만큼 항의도 많이 받았다. '이게 왜 표준이냐', '이건 현업을 반영하지 못한다'라는 말을 귀에 딱지가 앉도록 들었다. 개발자들에게 강력하게 표준을 주입하는 게 아니라 표준이 있는 이유를 설명하고 표준을 적용했을 때의 이점을 설득해야 했지만 내 실력으론 역부족이었다. 고전하다가 끝내 같은 팀 안에 있는 다른 파트로 이동을 신청했다. 2년 만이었다.

그전까지 일한 파트가 시스템의 개발 표준을 총괄하는 곳이었다면 새로 옮긴 파트는 시스템의 인프라 환경을 관리하는 곳이었다. 새 파트에서의 업무는 내게 새로운 눈을 열어줬다. 2년 동안 개발 코드만 보고 살았는데 그곳에서는 개발 코드보다 서버, 네트워크 같은 인프라 환경을 더 많이 들여다봤다. 인프라는 시스템이 잘 돌아가도록 받쳐주는 환경이다. 예를 들어 시스템이 특정한 서비스를 제공하는 가게라면 인프라는 그 가게가 입주한 빌딩이라고 할 수 있다. 가게를 운영할 수 있도록 공간을 내어주고(서버), 상품을 쌓아놓을 창고도 빌려주며(데

이터베이스), 도둑이 침입하지 않도록 최소한의 경비 시스템도 구축한다(방화벽). 내가 하는 일은 대량의 시스템이 입주한 이 건물들을 운영하는 일이었다.

개발 표준을 관리하는 일이 규제에 가까웠다면 인프라를 관리하는 일은 협력이었다. 그러니 현업의 개발자들과 싸울 일도 많지 않았다. 이전의 일이 코드 위에 펼쳐진 논리의 영역이라면 이 일은 물리의 영역이었다. 랜선을 깔고 서버나 네트워크 장비를 들여오고 그 장비들을 시시때때로 점검하고 유지보수하는 일이었으니까.

그중에서도 내가 맡은 건 서버였다. 서버는 개발한 시스템의 소스 코드 등 모든 것이 설치된 컴퓨터다. 서버가 셧다운되면 당연히 그 서버에 올라와 있는 시스템들도 모두 꺼진다. 그래서 서버는 24시간 항상 가동 중이어야 한다. 서버에 업데이트 파일을 설치해야 할 때는 시스템 사용자가 없는 새벽 시간대에 서버를 재부팅한다. 컴퓨터나 노트북이 물리적인 실체가 있는 것처럼 서버도 실물 장비가 있어서 때마다 관리해주어야 한다.

그런데 그곳에는 그 이상의 세계가 있었다. 물리적인 서버 여러 대를 관리하는 것이 아니라 성능이 수십 배 더 뛰어난 서버를 구성하고 그 안에서 컴퓨터의 자원을 분할해 서버 안의 서버, 즉 하나의 물리 서버에 여러 개의 논리적인 서버를 가상으로 만드는 클라우드 서비스였다. 지금이야 클라우드 서비스가 익숙하지만 8년 전 당시에는 꽤 도전적인 솔루션이었다. 나는 이 솔루션을 도입해 물리 서버 수백 대를 가상의 클라우드 서버로 이관하는 프로젝트에 투입됐다. 서버 환경만 바뀌는 게 아니라 OS버전까지 업그레이드해 이관하는 프로젝트였다.

서버 OS를 업그레이드한다는 건, 그것도 서너 개의 버전을 훌쩍 넘어 업그레이드시키는 건 정말 무시무시한 일이다. 빌딩을 대규모로 리모델링하는데 공간 구성은 물론이고 전력 공급 방식, 수도 시설 등 모든 것이 한꺼번에 바뀐다는 것과 같다. 가게들을 새 빌딩으로 이사시켜야 하는 건 물론이고 이사시킨 뒤 문제는 없는지 하나하나 꼼꼼하게 살펴야 한다. 이전에는 잘 돌아갔지만 빌딩 리모델링 이후 제대로 작동하지 않는 기능이 있다면 왜 그런지 문제를 파헤쳐야 한다. 대부분 이런 문제는 리모델링한 빌딩에 입주한 가게와 빌딩 사이에 호환이 제대로 되지 않는 데서 발생한다. 다시 말해 가게도 살펴야 하고 빌딩도 살펴야 하는 것이다. 이를 위해 시스템과 OS를 각각 코어 단까지 깊숙이 조사해야 한다.

1년 동안 100여 개의 시스템을 옮기면서 건물로 따지면 80채에 달하는 서버를 작업했다. 워낙 난도가 높은데다 스트레스도 많은 프로젝트였지만 그 프로젝트를 하는 내내 나는 보물이라도 캐는 기분이었다. 야근과 주말 출근을 밥 먹듯이 했다. 그럼에도 그 시간들이 나쁘지는 않았다. 프로젝트를 함께 수행하는 선배들 모두가 든든했고 일에 대한 성취감과 보람도 넘쳤다. 오류 메시지를 세심히 따라가며 어디가 문제인지 쫓아갔다. 오류 메시지가 더 이상 방향을 지시해주지 않는 곳에 이르렀을 때 사방팔방 뒤져가며 스스로 방법을 만들어내는 작업들이 어렵지만 재미있었다. 그때의 희열은 그 후 어떤 프로젝트에서도 느껴보지 못했다.

　　인프라 파트에서 3년을 일하며 나는 시스템이 구축되고 돌아가는 원리를 폭넓게 이해하게 됐다. 시스템이 서버의 자원을 어떻게 쓰는지, 데이터베이스와 연결하기 위해 어떻게 설정해야 하는지…. 이때 습득한 지식들은 지금도 유용하다. 언제 어디에서 어떤 문제가 생겼는지 좀 더 빨리 파악해 대처할 수 있기 때문이다.

　　그 후부터는 내내 개발자의 길을 걸었다. 여러 번 이직하며 다양한 시스템을 개발했다. 새로운 시스템을 맨땅에서부터 만들어 올리는 프로젝트도 있었고, 기존 시스템에 기능을 조금씩 추가해가며 유지보수하는 업무도 있었다. 일반적으로 전자를 SI(System Integration), 후자를 SM(System Management)이라고 한다. 후자의 일이 더 내 적성에 맞았다. 나는 새로운 시스템을 만드는 것보다는 현재 있는 시스템을 분석해서 개선점을 도출하고 개선계획을 세워 계획대로 차근차근 이행하는 일을 더 좋아한다.

나는 개발자면서도 기술 자체에는 흥미가 적은 편이다. 내가 개발 일을 하며 느끼는 성취감은 문제 해결에 있지 신기술 적용에 있지 않다. 나는 새로운 기술을 발 빠르게 배우는 것보다 내가 맡은 시스템을 뼛속 깊이 이해하고 애정을 듬뿍 주며 키워나가는 일에 더 매력을 느끼는 편이다.

그러니 신기술에 취약하고 트렌드에 어둡다. IT업계 사람들은 이런 나를 보며 게으르다고 평가할지 모른다. 그래서 내가 내린 평가는 단호하다. 나는 'B급 인력'이다.

이런 내가 IT 콘퍼런스에 스피커로 설 수 있었던 건 내가 가진 일의 경험과 경력을 긍정하기 때문이다. 회사를 옮길 때마다 연봉은 계속 내림세를 탔

다. 그래도 전반적으로 일과 삶의 균형은 훨씬 개선
됐다. 연봉이 더 높은 곳에 합격했어도 면접 때 분위
기가 좋지 않거나 직원을 함부로 대하는 분위기가
느껴지면 가지 않았다. 면접 분위기가 좋았던 곳 그
리고 야근을 덜 하는 회사를 찾아 옮겼다. 나머지 시
간에는 캠페인 기획이나 만화 공부를 했다. 업무 시
간에는 내 시스템에 몰입하고 퇴근 후에는 다른 일
에 집중할 수 있는 '워라밸'을 중시했다.

그렇게 표준화, 인프라, 개발 등 IT와 관련된
영역들을 지그재그로 걸어왔으니 어느 하나에 전문
성이 있다고 보긴 어렵다. 그래도 내 경력이 시민사
회에 기여하기에는 꽤 쓸모가 있었다. 시민사회 단
체 홈페이지를 만들고 유지보수하는 일부터 서버를
봐주거나 단순 업무를 자동화하는 일까지, 얇고 넓
은 지식은 IT가 들어갈 수 있는 틈을 찾아 메우기에
좋았다.

사실 개발자들이 모인 자리에서 이런 이야기를
해봐야 공감을 얻지는 못할 거라 생각했다. 그래서
한동안 발표는커녕 콘퍼런스에 참석하는 것조차 피
해왔다. 내가 하는 얘기가 자기변명으로 들리지 않
을지 걱정했다. 그런데 생각 외로 많은 사람이 주의
깊게 내 발표를 들어주었다.

매일같이 신기술이 나오는 시장, 공부를 손에서 놓았다간 낭떠러지 아래로 떠밀릴 것 같은 IT업계에서 불안감과 조바심은 누구에게나 있다. 심지어 나는 아이를 낳고 산후조리원에 들어갔을 때조차 지금 이 시간에도 뒤처지고 있을지 모른다는 생각에 모바일 웹앱 프로그래밍에 매달렸다. 그런 경험을 어렵사리 꺼내놓자 청중석에 앉은 여성 개발자들 모두 고개를 끄덕여주었다.

발표를 시작할 때는 겁을 먹고 있었는데 불안감을 솔직히 털어놓고 내 이력을 소개하면서 마음이 차츰 안정되었다. 나는 내가 걸어온 길을 긍정하면서도 자신이 없어서 스스로 IT업계의 주변인이라고만 여겨왔었다. 그날 발표 이후 비로소 내가 IT업계의 일원으로 함께 선 것 같았다.

'워너비'를 입는다는 건 단순히 특정한 대상을 동경한다는 뜻이 아니다. 내가 속한 세계 안에서 내가 어떤 사람이 되고 싶은지를 담아내는 행위다. 트레이너 선생님이 영양제 회사를 설명하기 위해 자신이 속한 운동 세계를 소개했던 것처럼, 그리고 그 세계 안의 자신을 이야기했던 것처럼 말이다. 그래서 Women Teckmakers Korea가 인쇄된 후드티를 입을 때마다 나도 내 워너비를 상기하게 된다.

내가 가진 정보와 아이디어, IT 도구를 결합해 기술이 필요한 곳에 방법을 알려주는 사람이 되고 싶다. 내 안에 쌓은 것은 단지 기술이 아니라 함께 협업해온 경험이다. 이건 홀로 익힌 게 아니라 함께 배운 것이다. 함께 배운 만큼 모두를 위해 쓰고 싶다. 무엇보다 나는 얕고 넓은 개발자가 아닌가. 물론 얕고 넓은 개발자는 높은 곳에 갈 수 없다. 그렇지만 더 멀리까지, 더 구석구석 곳곳으로 갈 수 있다.

소중한 것을 잃지 않고 싶어서

나는 주로 아이와 함께 잠자리에 든다. 어느 날 밤 아이와 침대에 누워 잠을 청하는데 아이가 내 품에 굴러들어오며 나지막이 말했다. "엄마, 발 냄새가 나도 난 엄마를 사랑해." 순진무구한 사랑 고백에 당황해서 발 냄새부터 점검했다. 놀란 나를 보며 깔 깔 웃은 아이가 다시 내 품에 폭 안겨 들어오며 속삭였다. "엄마를 정말 사랑해." 그때는 정말이지 심장까지 녹아드는 듯했다.

내가 아이를 돌보는 것 이상으로 아이는 내게 과분한 사랑을 돌려준다. 그렇지만 한 존재가 전심으로 나에게 기대고 있다는 건 정말이지 두려운 일이다. 아이를 낳은 지 얼마 안 되었을 때는 이 존재를 내가 온전히 책임져야 한다는 사실이 너무 무섭고 힘들었다. 남편에게도 가지 않고 오로지 나에게만 매달려서, 엄마가 아니면 안 된다고 울부짖는 아이 때문에 나는 변변한 외출 한 번 하기가 어려웠다. 어딜 가든 아이를 데리고 다니거나 그저 집에 머무는 수밖에 없었다.

하루하루 아이를 먹이고 재우는 일도 벅찼지만, 그것만 힘든 게 아니었다. 아이의 성장에 따라 다음 단계로 이행하기 위해 새로운 환경을 제공하고 변화를 돕는 일도 어렵긴 매한가지였다. 아기일 때는 이유식이 그랬고 좀 더 커서는 기저귀를 떼는 배변 훈련이 그러했다. 아이가 용변을 보는 시간과 주기를 정확하게 체크해두었다가 때가 되면 부리나케 변기에 앉혀야 한다. 정확한 타이밍에 아이를 변기에 앉히는 일이 바로 배변 훈련에서 양육자의 역할이었다. 이 모든 것이 처음이었기에 매번 당혹스러울 수밖에 없었다.

그렇지만 한 존재의 성장을 돕는 일은 나를 둘러싼 익숙한 감각들을 탈피하는 계기가 되기도 한다. 아이와 함께 걷기 위해서는 아이의 시각으로 세상을 바라보아야 한다. 아이는 작은 문턱 하나 그냥 넘어가는 일이 없고, 전혀 위험한 것 없어 보이는 맨땅에서도 늘 상상치도 못한 방식으로 부상을 당한다. 내게 당연했던 것들이 누군가의 위험이 될 수 있다는 사실 그리고 그걸 일상 속 구석구석에서 발견하는 일은 몇 년을 겪어도 낯설기만 하다. 아이가 사물을 대하거나 놀이를 이해하는 방식 역시 낯설긴 마찬가지다. 미끄럼틀을 그냥 타지 않고 거꾸로 올라가려 한다거나 옷을 입지 않고 던지고 논다거나 하는 것들 말이다.

물론 아이의 이런 의외의 행동들 때문에 별반 특이할 것 없던 일상의 풍경에서 새로운 일면을 발견하기도 한다. 그저 내놓기 귀찮았던 재활용 쓰레기들이 아이에게는 놀잇감이 된다. 아이가 들어갈 만큼 큰 상자는 으레 집으로 변신한다. 아이는 크레파스로 문과 창문을 척척 만들고 예쁜 꽃이 장식된 돌담을 쌓는다. 크기가 비슷한 상자에 바퀴를 그려 넣으면 자동차가 되고 여기에 창문을 여러 개 그리면 버스가 된다.

가장 많이 갖고 노는 건 피자 박스다. 한쪽으로만 열리는 피자 박스는 종종 물고기나 동물 장난감들을 집어삼키는 상어로 돌변한다. 피자 박스는 날카로운 눈을 부라리고 입을 벌리며 "나는 상어다!" 하고 입을 뻐끔거린다. 동물 장난감들은 우르르 피자 박스 상어에게 잡아 먹혔다가 그 안에서 머리를 맞대 상어에게서 살아나올 궁리를 한다. 그뿐이랴. 다 먹은 과자 상자는 키보드 자판이 그려진 종이 노트북이 되고, 빨대는 반짝이는 스티커를 붙여 마법 지팡이로 쓴다.

노래도 나오고 형형색색 조명이 반짝이는 장난감이 있어도 아이는 직접 만든 장난감을 더 뿌듯해하며 오래 아낀다. 그래서 우리 집에선 재활용 쓰레기도 함부로 버리지 못한다. 쓰레기 같아 보이지만 여기에 아이의 친구들도 종종 섞여 있기 때문이다.

한번은 아이가 재활용 보관함을 뒤지더니 울면서 뭔가를 꺼내왔다.

"엄마, 얘는 버리지 마. 얘는 핑꾸고, 얘는 브리케로란 말이야. 둘 다 내 친구야."

핑꾸는 우유병, 브리케로는 계란판이었다. 아닌 게 아니라 우유병에는 사인펜으로 알록달록 색깔 옷이 입혀져 있었고 계란판도 칸칸이 색칠되어 있었다. 그 후로는 '재활용 쓰레기도 다시 보자'를 격언으로 삼고 버리기 전에 담아둔 물건들을 하나씩 보여주며 아이에게 친구인지 아닌지를 확인한다.

아이와 함께 걷는 세계의 시점은 매우 가깝고도 낮다. 그전까지 나는 늘 길보다는 길을 통해 가야 하는 곳만 보고 다녔다. 내게 길이란 목적지로 가기 위해 서둘러 걷는 공간이었을 뿐이다. 그러나 길을 걷는 아이의 눈은 모든 것에 열려 있다. 작은 풀꽃 하나, 조그만 돌멩이 하나 쉬이 넘기지 않고 하나하나 살핀다. 아이는 모든 것에 흥미를 느끼고 이들 모두의 서사를 상상한다.

"엄마, 이 개미는 지금 어디로 가는 걸까? 배가 고파서 먹을 걸 찾으러 가는 걸까?"

이런 아이의 모습을 보면 간혹 신이 왜 어린아이의 모습을 했다고 하는지 알 것만 같다.

나와는 영 시각이 다르다 보니 아이에게는 옷도 다른 의미를 지닌다. 아이가 너무 어려서 옷에 대한 자기 의견을 피력하지 못하던 시절에는 아이 옷장에도 내 취향의 후드티와 조거바지가 꽉꽉 채워져 있었다. 그러나 최근 아이는 후드티를 거들떠보지도 않고 캐릭터 옷만 찾아 입는다. 아이에게 옷은 훌륭한 코스튬플레이 도구다. 번개맨이 되고 싶을 때는 근사한 은색 망토가 달린 번개맨 옷을 입고, 엘사가 되고 싶은 날에는 반짝이는 파란색 드레스를 찾는다. 다리 끝부터 머리 끝까지 지퍼가 달린 스파이더맨 점프슈트도 아이가 애용하는 옷이다.

평소에 워낙 코스튬을 하고 다니니 정작 코스튬을 해야 하는 할로윈 데이엔 뭘 해야 할지 고민이다. 지난 할로윈 데이에는 스티브 잡스를 흉내 냈다. 아이와 여러 옷을 살펴보면서 결정한 인물이었다. 아이에게 스티브 잡스의 발표 동영상을 보여줬더니 "이 아저씨 멋져"라며 흔쾌히 수락했다. 할로윈 데이를 맞아 아이는 옷장에 있는 검은색 터틀넥티셔츠와 청바지를 입고, 동그란 장난감 안경과 뽀로로 스마트폰 장난감을 착용했다. 다른 아이들은 스티브 잡스가 누군지 모르니 알아차리지 못했지만 어린이집 선생님들은 꼬마 스티브 잡스를 알아보고 함께

웃어주었다.

어떤 캐릭터로 변신하든 아이가 꼭 챙기는 옷
이 있다. 후드티를 싫어하고 후드집업도 싫어하는
아이가 가장 좋아하는 겉옷은 바로 후드패딩이다.
아이가 후드를 싫어하게 된 배경에는 아무래도 내가
있는 것 같다. 내 옷 고르듯이 아이 후드티도 고르다
보니 내가 좋아하는 방식대로 후드가 크고 묵직한
옷을 산 게 화근이었다. 아이에게 크고 묵직한 후드
는 신나게 노는 데 방해가 되는 물건이었다. 후드는
달리다 보면 자꾸 뒤로 쏠려 아이의 목을 조금씩 조
이며 불편하게 했다. 게다가 워낙 크다 보니 비나 눈
이 올 때 씌워줘도 바람이 불면 금방 다시 벗겨졌다.

이래저래 무용해서 아이에게 영 인기를 얻지
못하던 후드가 아이의 눈길을 끈 건 후드가 달린 패
딩을 사준 후였다. 면으로 된 일반 후드 끈과 달리
후드패딩 끈은 약간 탄성이 있는 고무줄로 만들어졌
다. 그래서 모자를 씌우면 모자가 아이의 얼굴에 착
달라붙듯 적당하게 조여진다. 재질도 얇은 패딩으로
되어 있어 꽤 가볍다. 아이가 다른 후드집업은 모두
싫어하면서도 후드패딩만은 좋아하는 이유다. 그러
나 옷이 가벼운 것과 별개로 아이가 후드패딩을 찾
는 속내는 또 다른 게 있다. 오로지 아이만의 용도가

있기 때문이다.

아이는 자기 몸에 달린 동그랗고 속이 깊은 모자에 가장 소중한 걸 넣는다. 바로 애착 담요다. 만화 『피너츠』에 나오는 라이너스처럼 아이는 어딜 가든 꼭 노란색 애착 담요를 들고 다닌다. 아이가 매우 어렸을 때 깨끗하고 휴대가 편한 물건에 애착을 형성했으면 해서 유기농 면으로 만든 수제 토끼 인형을 쥐여주곤 했는데 아이는 관심이 없었다. 오히려 인형 사은품으로 딸려 온 노란색 아크릴 혼방 무릎 담요를 애착물로 선택했다. 아이가 잠들 때 종종 덮어주곤 했던 것이 그대로 애착 담요가 되어버린 것이다. 어른들이 '아기 담요'를 줄여 '아기요'라고 부르는 것을 듣고 아이가 애착 담요에 붙인 이름은 '아기엽'이다. 어린이집에서 반이 바뀔 때마다 아이는 제일 먼저 선생님과 친구들에게 자신의 애착 담요를 소개했다.

"내 친구, 아기엽."

아이는 매일같이 애착 담요를 붙들고 잔다. 맛있는 과자를 먹을 때면 애착 담요에게 한 입 먹어보라고 권하기도 한다. 수시로 애착 담요에 말을 걸면서 주변의 꽃과 나무, 어제 심은 감자들을 소개해주기도 한다.

그렇게 소중한 담요라도 다른 것에 한눈파는 사이 잃어버릴 때도 있다. 하루라도 애착 담요를 다른 곳에 두고 오면 아이가 통곡의 밤을 보내기 때문에 나도 숙면을 위해서는 애착 담요를 꼭 챙겨야 한다. 그 마음은 어린이집 선생님도 마찬가지였나 보다. 어느 날 하원하러 가니 신나게 놀고 있는 아이의 후드 안으로 뭔가 빼꼼 보였다. 후드 안에는 애착 담요가 돌돌 말려 있었다(다행히 아이의 담요는 매우 가벼운 재질이다). 담요를 떨어뜨리거나 잃어버리지 않게끔 어린이집 선생님이 낸 묘책이었다.

아이도 그게 안심되고 좋았는지 그 후에도 외출하면 꼭 후드패딩을 챙겨 입고 애착 담요를 후드에 넣어달라고 했다. 담요를 착착 접어 후드 안에 넣어주면 아이는 한참 달리다가도 멈춰 서서는 자신의 목덜미 뒤로 손을 뻗어 담요를 만지곤 했다. 담요가 손에 잡히면 잠깐 꺼내 냄새도 맡았다가 다시 후드에 집어넣은 채 신나게 논다. 그전까지만 해도 나는 후드 안에 뭘 넣는다는 건 상상조차 하지 못했는데, 아이에게 후드는 소중하고 아끼는 물건을 넣는 가방이 됐다. 게다가 자신에게서 가장 가까운 가방이다.

일단 담요를 넣고 보니 후드가 썩 마음에 들었는지 그다음부터 아이가 모자에 넣기 시작한 건 인형이었다. 아이는 평소에 역할 놀이를 좋아해서 언제나 누군가의 보호자가 되거나 아기가 되기를 자처했다. 토끼 인형이나 곰 인형의 보호자가 될 때면 패딩에 달린 후드는 아이에게 안성맞춤 포대기가 되었다. 본래라면 후드 안에 애착 담요가 있어야 하지만 인형을 챙긴 날엔 애착 담요를 내게 아예 맡겨놓은 채로 인형과 끊임없이 수다를 떨었다.

"아가야, 저리로 가볼까?"

"아가야, 배고프지? 엄마가 금방 밥해줄게."

돌돌 말아 넣으면 잘 떨어지지 않는 담요와 달리 인형은 아이가 고개를 숙일 때마다 땅바닥에 굴러떨어졌다. 그러면 아이는 별일 아니라는 듯 인형을 툭툭 털고 다시 후드에 넣어달라고 한다. 잔소리도 해가면서.

"아가야, 엄마가 뛰어다니지 말라고 했지?"

아이의 시선엔 편견이 없다. 물건의 쓰임새에 대해 관대하고 사람의 외양에 지레 겁먹지 않는다. 물론 무섭게 생긴 사람이야 있지만 아이는 할아버지나 할머니에게도 "너무 예뻐" 말하며 볼을 부빈다. "할머니 너무 예쁘다. 할아버지 너무 귀엽다."

자신이 익히 들어온 말들을 다시 자기가 사랑하는 사람에게 돌려주는 아이의 천진한 말이 파도가 되어 일렁거린다. 파도는 우리의 시간 속에 스며들어 조용하고 아름다운 물결을 만들어낸다.

이 작은 아이를 살뜰히 돌보고 싶어서, 내 후드티도 때로는 다른 물건이 된다. 찬 바람이 씽씽 불 때면 나는 내 후드티를 벗어 후드를 아이 머리 위로 덮고 소매를 목도리처럼 아이의 목에 둘둘 둘러 묶는다. 아이는 머리숱도 많지 않고 머리칼도 매우 얇아서 머리가 추워 보여 자꾸만 감싸주고 싶다.

비가 추적추적 내리던 어느 밤, 아이와 단둘이 먼 길을 갔다가 운전해서 돌아오는 길에 아이가 춥다고 몸을 떨었다. 히터를 틀어도 춥다고 우는 탓에 갓길에 잠시 차를 세우고 내가 입고 있던 후드집업을 벗어 둘러주었다. 평소에 입는 후드티가 다 루즈 핏이라 내게도 큰 후드집업은 아이를 폭 감싼 이불이 됐다. 옷을 입혀 지퍼를 올린 후에 양팔 부분은 앞으로 둘러 묶고 후드를 씌우니 아이는 두꺼운 겉싸개에 싸인 신생아 같았다.

내 후드티 안에서 새근새근 잠든 아이를 룸미러로 힐끔 바라보면서 새삼 내가 누군가의 양육자라는 사실을 다시 실감했다. 아이가 몹시 사랑스러우면서도 두려웠다. 내 사랑 내 행복인 너를 나는 보호할 수 있을까. 이 칠흑같이 어둡고 혼탁한 세상에서

네가 잘 살아갈 수 있도록 난 뭘 할 수 있을까.

　　깊게 잠들었는지 아이는 말이 없었고 나는 잠자코 빗속을 운전했다. 세상이 물로 가득 찬 것만 같았다. 내 후드를 뒤집어쓰고 잠든 아이 위로 수많은 얼굴이 떠올랐던 그 밤, 4월 16일이었다.

마음도 옷장도 하나씩 하나씩

나는 하나에 집중하거나 몰입하면 그대로 그 안에 풍덩 빠져버리곤 한다. 애정하는 것이 생기면 마음을 다해 사랑을 콸콸 쏟아붓는다. 예전엔 커피우유에 푹 빠져 하루에 두어 개씩 꼭 사 먹었다. 지금은 두유로 옮겼다. 두유를 하루에 한두 개씩 꼭 챙겨 먹는다. 식당도 마찬가지다. 좋아하는 식당이 생기면 사나흘이 멀다 하고 출석 도장을 찍는다.

내게 주어진 역할이나 기능에도 일단 그것에 매료되면 전심을 다하게 된다. 한번은 시민사회 단체에서 활동하며 행사 하나를 함께 기획하고 진행한 적이 있다. 그때 내가 자원해서 맡은 역할 중 하나는 간식 준비였다. 환경 관련 행사였던 만큼 일회용품을 쓰지 않아야 했고 쓰레기를 최소화해야 했다. 또 참여자 대다수가 채식주의자였으므로 그에 맞는 간식을 구비하는 것도 필수였다.

떡을 놓아볼까, 빵을 놓을까, 쌀과자를 주문할까. 고민 끝에 과일과 비건 케이크를 주문했다. 케이크는 소분해 면포 위에 올려 냈고 과일은 감귤을 주문해 원하는 만큼 가져갈 수 있도록 상자째 두었다. 음료는 핸드드립한 커피를 대용량 서버에 두고 누구든 자기 컵에 따라 가져갈 수 있도록 했다. 이 간식을 고민하고 준비하는 데 꼬박 사흘이 걸렸다. 결과는 굉장히 만족스러웠다. 사람들도 호평이었다.

　문제는 이 맹목적인 사랑이 종종 길을 잃는다는 것이다. 이날만 해도 그랬다. 나는 내 역할을 충실하게 이행하려 노력한 나머지 정작 행사 내용에 대해서는 아예 손을 놓고 있었다. 기획에 함께 참여하고도 행사 당일에는 간식 준비를 신경 쓰느라 행사가 어떻게 진행되는지, 어떤 피드백들이 나오는지 몽땅 놓쳐버렸다. 그게 핵심이었는데도 말이다.

　연애를 할 때도 내 사랑을 쏟아붓느라 정신이 없어서 정작 상대의 마음을 제대로 확인하지 못한 적이 많다. 심지어 이 과정에서 내 마음조차 갈피를 잃는다. 그저 내가 사랑해야 하는 것을 충분히 사랑하는 데 목말라서, 내 마음이 어디 있는지도 모른 채 그 길을 간다.

　내가 '후드티 애호가'가 된 것도 따지고 보면 이 맹목적인 사랑의 결과다. 후드티를 아무리 자주 입었어도 후드티를 좋아해서 찾아 입는다기보다 편한 옷을 좋아하니 후드티를 입는 거라고 생각했다. 나를 후드티 애호가로 불러준 건 친구들이었다. 하루는 친한 친구가 내 캐리커처를 그려주었다. 그림 속 나는 당연한 듯 후드티를 입고 있었다. 왜 후드티냐 물으니 친구는 "너 후드티밖에 안 입잖아" 하며 역시 당연한 걸 왜 묻느냐는 표정으로 날 쳐다봤다. 가끔 친구들이 자기네 단체 후드티를 내게 선물하기도 했다. 이런 일이 반복되자 어느새 나는 후드티를 좋아하는 후드티 부자가 되어 있었다.

후드티를 좋아한다고 생각하자 왠지 후드티 애호가라는 정체성에 부응해야 할 것 같은 강박마저 들었다. 그저 집에 있는 후드티를 열심히 입었을 뿐 후드티들을 열심히 사 모은 건 아니었는데, 내 정체성에 눈 뜨고 난 후로는 시간 날 때마다 후드티 매장을 기웃거렸다. '후드티 애호가'가 된 이상 더 특별한 후드티를 찾아내야 할 것만 같았다.

본래 내 옷장에는 평범한 무채색 후드티나 단체복 후드티가 가득했는데 점차 채도가 높고 독특한 일러스트가 프린팅된 후드티에 눈길이 갔다. 브랜드 후드티를 잔뜩 모아 놓은 편집숍들을 검색해 주말에 들르기도 했다. 연예인들이 입는 후드티도 유심히 살폈다. 크라우드 펀딩 사이트에 후드티가 올라오면 거기에 펀딩하기도 했다. '나는 후드티를 좋아하니까 이 정도쯤이야', 차곡차곡 후드티를 사 모았다.

그런데 이게 웬걸. 어느 날 옷장을 열었는데 입을 옷을 고를 수가 없었다. 후드티가 잔뜩 걸려 있는데도 마음 편히 집어들 만한 옷은 한 벌도 없었다. 옷장 문을 열고서 느낀 마음은 죄책감에 가까웠다. '꽂혔다'는 이유로 마구잡이로 사들인 후드티들은 내 몸에 하나도 맞지 않았다. 이때도 마찬가지로 내가 소중하다고 생각한 것들을 나는 전혀 이해하지 못하고 있었던 것이다.

이런 일이 처음이 아니었기에 나는 좀 더 빠르게 절망했다. 그저 무언가를 좋아한다는 마음 하나에 심취한 나머지 소중한 사람을 잃어본 적도 많고, 심지어는 나 자신을 잃어버린 적도 있다. 물론 그건 나를 너무 좋아해서 생긴 일은 아니었다. 다른 것들에 잔뜩 마음을 주다 정작 내 마음은 텅 비어버리길 여러 차례. 나는 왜 여기에 있고 내가 누구인지를 잊어버리는 때가 자주 찾아왔다. 그럴 때마다 공허함과 우울감이 걷잡을 수 없이 커졌다. 눈앞이 갑자기 새카매진 듯 별일 아닌 사소한 트러블에 마음이 곧바로 추락해버리는 일도 잦았다. 주변 사람 일에는 하나하나 깊이 신경 쓰면서 정작 내 앞에 벌어진 일에는 어떻게 대처해야 할지 몰랐다.

사소한 감정이 겹겹이 쌓여 우울감이 눈덩이처럼 불어나고 나면 왜 우울한지조차 당최 알 수가 없었다. 왜 우울한 건지, 아니 우울한 게 맞기나 한지 상태를 제대로 파악할 수 없었다.

나는 심리상담센터를 찾아갔다. 어떤 동기로 심리검사를 받으려는지 묻는 선생님께 이렇게 답했다. "지금 제 마음 상태가 어떤지 궁금해요. 혹시 상태가 안 좋은 거라면 해결하고 싶어요."

그저 심리 검사를 받으러 간 것이었는데 그 방문을 시작으로 상담은 1년에 이르는 장기 상담으로 이어졌다. 그 기간 내내 상담 선생님은 내게 속단하기를 멈추고 상황을 분석하라고 조언했다. 상담 센터를 찾을 무렵 나는 절망감에 사로잡혀서 매일 밤 내일이 안 오는 것처럼 진탕 술을 마시며 지냈다. 모든 것이 우울 때문인 것 같았고 다시는 우울에서 빠져나올 수 없을 것 같아 괴로웠다.

상담을 받으며 알게 된 사실은 달랐다. 우울 때문에 우울한 게 아니었다. 내가 느끼는 감정들에는 제각기 다른 이름이 있었다. 그리고 이 감정들은 우울 때문이 아니라 상황 때문에 생겨나곤 했다. 매주 상담을 다니면서 나는 내 안에 똬리를 튼 감정들의 이름을 하나하나 불러내는 연습을 했다.

당시 내가 가장 많이 느낀 감정은 불안이었다. 내가 PM(프로젝트 매니저)을 맡은 프로젝트 때문이었다. 내게는 중요한 프로젝트였다. 처음 PM을 맡은 일이기도 했고 마침 오래 마음을 두고 키워온 내 시스템을 고도화하는 프로젝트이기도 했다. 누구보다도 잘해내고 싶어서 시작부터 설레는 마음이었다.

　문제는 팀원들 사이에서 일어났다. 프로젝트에 투입된 프리랜서 개발자 한 명이 말썽이었다. 연차가 높고 실력이 좋은 반면 근태가 엉망진창인 사람이었다. 출근 시간이 지났는데도 보이지 않아 전화하면 휴대폰이 꺼져 있는 때가 다반사였다. 아침 일찍 다른 팀과 회의가 잡혀 있는 날에도 아무런 사전 고지 없이 출근하지 않고 점심시간이 지나서야 아무렇지 않은 얼굴로 들어와 자리에 앉곤 했다. 그러지 말라고 부탁도 하고 윗사람에게 보고도 해봤다. 그럴수록 그는 내게 불평불만을 쏟아냈다. 근태를 못 지키는 대신 그만큼 일을 하면 되지 않느냐는 게 그의 논리였다. 논리적으로는 그의 말이 맞다 해도 내게는 그의 논리에 합의할 만한 권한이 없었다.

　그와의 불화가 해결되지 않고 지속될수록 내 마음속 불안 역시 커져만 갔다. 프로젝트를 납기 내에 완료하지 못할까 봐 불안했다. 나는 그런 마음을 우울이라고 인식했다. 또 그가 내게 독설을 쏟아낼 때마다 느낀 억울함을 내가 잘하지 못해서 그렇다는 자괴감으로 오인했다. 그와 관계를 회복하지 못하는 데서 오는 괴로움을 절망감으로 치환했다.

모두 부정적인 감정이기 때문에 비슷해 보이지만 자세히 들춰보면 하나하나가 모두 다른 모습을 하고 있다. 불안하다면 안심할 수 있는 다른 방법을 찾아야 한다. 억울하다면 다른 이에게 털어놓으면 된다. 괴로우면 거리를 둘 수도 있다. 그러나 내가 치환했던 감정들(우울, 자괴감, 절망감)은 해결 방법을 찾기보다 내 마음 안쪽으로 다시 수렴하는 감정이어서 꺼내놓고 거리를 두기가 쉽지 않았다. 내게 일어난 모든 일, 내 마음속에 침범한 모든 감정은 내 잘못 같았다. 내가 인간적으로 덜 성숙하기 때문에, 내 실력이 부족하기 때문에. 그래서 완벽해야 하는 이 프로젝트를 끝내 완성하지 못할 것만 같아 극심한 불안감에 휩싸였다.

그런 내게 상담 선생님은 능수능란한 해체자였다. 일주일 동안 회사에서 불편하고 괴로운 일들에 짓눌려 납작해진 내가 상담 의자에 앉아서까지 나 자신을 탓하자 선생님은 상황을 하나씩 잘게 쪼개 물어봤다.

"그런 일이 있었군요."

"그때 경숙 씨가 느낀 감정은 어떤 거였죠?"

"네, 그랬군요. 우울했군요. 하지만 왜 우울하다고 여겨졌을까요?"

"그 사람에게 그런 말을 들었을 때 어떤 부분에서 감정이 상했나요?"

상황과 감정을 하나씩 분리하는 선생님의 다정한 조언을 따라 내 마음을 찬찬히 거슬러 올라갔다. 그러면 거대한 우울감 대신 다른 감정을 만날 수 있었다. 다른 사람에게 미움받는 것 같아 불편했던 마음, 프로젝트가 제때 끝나지 못할 것 같아 불안했던 마음, 지금 이렇게 하는 게 맞는 걸까 하고 위축되던 마음. 프로젝트를 완수하고 싶다는 욕망을 향해 질주할 때, 미처 주목하지 못하고 지나친 많은 감정들은 언젠가 내가 돌아봐주길 바라며 내 안에 켜켜이 쌓여 있었다. 그 감정들을 잘게 쪼개 이해하는 것만으로도 우울은 많이 가라앉았다.

1년 동안 장기 상담을 받으며 나는 감정을 해체하는 방법을 배웠다. 내 안에 있는 감정을 낱낱이 쪼개 하나씩 구체화하는 일은 매우 유용했다. 좌절은 매우 작고 사소한 곳에서 물밀듯 밀려들어와 자주 나를 일시정지시키곤 했다. 그럴 때마다 노트를 펼쳤다. 노트에 감정의 이름을 써내려가다 보면 어느 순간 그렇게 큰 절망감이 들었다는 것도 곧잘 잊게 되었다. 그리고 나면 어떻게든 멈춘 곳에서 다시 시작할 수 있었다.

내가 나를 회복시키곤 했던 것처럼 옷장 회생에도 같은 방법을 적용해보기로 했다. 입지 못하는 후드티들을 펼쳐놓으니 사고회로가 멈추는 듯했지만 용기를 냈다. 옷장 안에는 정리되지 않은 후드티가 여기저기 뒤엉켜 있었다.

일단 안 입는 후드티들을 하나씩 꺼내 먼지를 털며 왜 나와 맞지 않았는지를 살펴보기로 했다. 옷들을 바닥에 깔아두고 하나하나 입었다 벗었다 하며 후드티를 둘러봤다. 개중에는 소생의 기회를 얻은 후드티도 있었다. 선뜻 손이 가지 않았던 건 최근에 입지 않아서 그렇지 다시 입어보니 생각보다 편안했고 내게 잘 어울렸다. 예전에 사두고 작아져서 맞지 않는 옷들도 있었다. 옷은 깨끗한 편이어서 이런 옷은 골라내 아름다운 가게에 기증할 요량으로 한데 모아두었다.

그렇게 골라내니 생각보다 '실패작'인 후드티는 많지 않았다. 옷장 안에 걸려 있는 후드티 더미에 압도되어 그 산더미 같은 옷이 내 실패의 결과라고만 생각했다. 마음을 먹고 하나씩 옷을 꺼내며 꼼꼼히 살펴보니 실패의 규모는 생각만큼 크지 않았다.

그렇지만 어떻게도 입을 수 없는 옷이 있었다. 개중에 가장 거금을 들여 산 후드티였다. 동그랗게 어깨선이 떨어지는 모양이나 엉덩이를 살짝 덮는 기장은 내가 좋아하는 스타일인데 소매가 너무 길어 입기가 어려웠다. 소재가 가벼우면 소매를 말아 올려 버틸 만할 텐데 옷 자체가 무거워 아무리 걷어붙여도 소매가 흘러내렸다.

내 옷장에 똬리를 튼 가장 큰 죄책감은 바로 이 옷에 있었다. 비싼 만큼 기대가 컸는데 입을 수도 없을 정도로 무겁고 힘들었다. 이 옷을 사면서 정말 희귀하고 예쁜 후드티를 잘 선택했다고 생각했지만 그게 아니었던 것이다. 편하지 않았고 내게 어울리지도 않았다.

이 옷은 아주 중요한 표본이 되었다. 실패한 후드티를 분석하고 나니 내가 어떤 후드티를 좋아하는지 알게 됐다. 그날 줄자를 꺼내 후드티의 소매 길이, 기장, 어깨선, 소맷단 등을 모두 재고 후드 모양까지 살펴보며 내가 어떤 후드티를 더 선호하는지 일목요연하게 정리했다.

그제야 내가 좋아하는 후드티가 눈에 보였다. 내게 최적의 후드티 스펙은 이랬다. 중량 300그램 전후, 총장 70센티미터 전후, 어깨선 없음, 후드가 탄탄한 것.

내 옷 중 이 조건을 모두 충족한 후드티가 딱

두 벌 있었다. 나와 가장 오래 함께한 후드티들이었다. 내가 '후드티 애호가'라는 별명을 얻은 것도 이 두 벌 때문이었다. 몸에 착 감기는 편안함 그리고 얼마든지 뛰어도 될 만큼 가벼운 무게 덕에 나는 후드티와 사랑에 빠진 것이었다.

후드티들을 정리해 작아진 옷은 포장해 기증처로 보내고 몇 벌은 중고시장을 통해 다른 이에게 보냈다. 내게 맞지 않는 옷일지라도 누군가에게는 맞춤처럼 꼭 맞기를 기대하면서 하나하나 소중히 포장했다. 후드티를 모조리 정리하고 나니 옷장은 제법 단출해졌다. 그렇게 다 비워내고 내 오랜 친구를 걸어놓자 마음이 다시 깃털처럼 가벼워졌다. 처음 후드티와 사랑에 빠졌던 그 순간처럼.

(참, 사족을 달자면 장기 상담까지 받아가며 완수한 그 프로젝트는 성패를 딱 가름할 수 없는 애매한 성적을 낸 채 종결됐다. 정해진 납기 안에 목표한 시스템을 개발하는 데는 성공했지만 시스템이 오픈된 후 사용자는 거의 없었다. 개발이 막 완료된 시점에도 두어 명이 접속할까 말까 하는 정도였으니 1년이 지난 후엔 아무도 접속하지 않고 잊혀버렸다고.)

이제는 오답 노트를 버려볼까

대학교에 막 입학했을 때만 해도 나는 내가 굉장히 마른 체형이라고 생각했다. 나는 팔다리가 마른 형이었고 또래에 비해 몸무게도 훨씬 적게 나가는 편이었다. 해골같이 비쩍 말랐다는 말도 워낙 많이 들었다. 나는 나를 평생 44사이즈와 스몰 사이즈 옷만 입는 사람일 거라 여겼다.

그런 인식이 바뀐 건 대학에 입학한 후였다. 같은 수업을 듣는 사람들이 대놓고 내 옷차림을 비웃었기 때문이다. 뭔가 잘못됐구나 싶었다. 당시 내가 주로 입은 옷은 온라인 쇼핑몰에서 구입한 것이었고, 상의는 몸에 찰싹 달라붙는 니트, 하의는 펑퍼짐한 배기 스타일 바지였다. 스키니진이 막 유행을 시작할 때라 빨간색이나 파란색 같은 강렬한 원색 스키니진을 입을 때도 있었다. 화장도 처음 해봤고 그런 옷도 처음 입어봤다. 어린 시절 본 캠퍼스 드라마에 나오는 여학생들처럼 구두도 열심히 골라 신기도 했다.

하루하루 꾸미는 데 재미가 붙을 즈음 함께 붙어 다니던 친구가 결심한 듯 내게 말했다.

"경숙아, 넌 그렇게 붙는 옷을 입으면 안 돼. 넌 뱃살이 볼록 나왔잖아."

친구 말을 듣고 내가 뭐라고 대답했는지는 제

대로 기억나지 않지만 그때 느낀 충격만큼은 지금도 여전히 생생하다.

그제야 나는 거울에 비친 내 몸과 친구의 몸을 비교해보며 내가 복부 비만이라는 사실을 알아차렸다. 그렇게 나는 다른 사람들이 보는 내 몸에 대해 알게 됐다. 나는 내가 그냥 마른 체형인 줄로만 알았는데, 남들이 봤을 때 나는 마르지 않았고 보기 좋은 몸도 아니었다.

체중계의 숫자보다 살의 분포도가 체형을 결정한다는 사실 또한 그때 처음 알았다. 내 체형은 '핫도그형'이었다. 핫도그처럼 상체가 뚱뚱하고 팔과 다리는 젓가락처럼 비쩍 말랐다. 다른 말로 '거미형'이라고도 하는 그런 몸매였다.

옷에 그렇게 관심이 있었으면서도 내 몸이 다른 사람에게 어떻게 보이는지 제대로 알지 못했다. 사실 그런 걸 염두에 둬야 한다고도 생각하지 않았다. 내 몸매가 어떻든, 그런 내가 어떻게 옷을 입든 다른 사람이 그렇게 관심 가질 일인가. 내가 그런 생각을 하는 동안 다른 사람들은 나를 '그런 옷을 입으면 안 되는 사람'으로 보아왔다는 건 충격이었다. 지금에야 그런 말을 들으면 내가 어떻게 옷을 입건 무슨 상관이냐고 맞받아쳤겠지만 당시에는 그럴 만한 용기도 자신감도 없었다. 다른 사람을 통해 내 몸에 대해 알게 되자 마음속은 수치심으로 가득 차버렸다. 내 체형을 몰랐고 남들이 내 몸매를 비웃고 있었다는 사실도 몰랐으니, 그렇게 몰랐다는 사실만으로도 주눅이 든 것이다.

그 후부터 옷을 입고 나면 꼭 누군가에게 "나 괜찮아?" 하고 물어보는 버릇이 생겼다. 그리고 그때 이후로 지금까지도 여전히 옷에 관해서는 누가 옆에서 괜찮다고, 잘 어울린다고 얘기해주지 않으면 새로운 시도를 하지 못한다.

그렇게 내 몸을 부끄러워하며 살았다. 그런 몸을 더 낫게 개선할 수도 있었겠지만 그렇게 하지도 않았다. 술을 포기하지 못해서였다. 20대 시절 내 좌우명은 '취생몽사'였다. 취한 듯 살다가 꿈꾸듯 간다는, 허망한 세월을 표현하는 말, 그냥 그게 좋았다. 답이 나오지 않는 생각은 붙들고 있기보다 하루빨리 마음속에서 몰아내고만 싶었다. 그럴 때 사람들과 둘러앉아 시시콜콜한 이야기를 주고받으며 술을 마시는 건 가장 큰 낙이었다.

내 대학 시절은 술에 거의 절여져 있다시피 했다. 회사에 다닐 때는 더 심해졌다. 회사원의 술자리가 학창시절과 다른 점이 있다면 역시 법인카드일까. 조촐하게 모이는 자리야 사비로 나누어 냈지만 간혹 프로젝트 회식이거나 팀장과 동석한 술자리면 모두를 기쁘게 하는 법인카드가 등장했다. 법인카드가 아니라 팀장님 신용카드라도 좋았다. 와인, 맥주, 소주, 주종을 가리지 않고 잔뜩 마셔댔다. 그렇게 마시다 보면 용케 집에 들어온 게 신기할 정도로 고주망태가 됐다. 그럼 뭐 어떠리. 스트레스받는 머릿속을 알코올로 깨끗하게 씻고 나면 다음 날 숙취로 고생하더라도 잠시나마 괴로움을 잊었다.

그러나 술로 회사 생활을 이어온 대가는 정말이지 비쌌다. 20대라는 나이만 믿고 허구한 날 취해 있던 탓에 내장지방이 겹겹이 쌓였고 간 수치가 폭증했다. 간 수치가 얼마나 높았는지 이직하려던 회사의 입사가 취소될 뻔하기도 했다. 서류 심사와 필기시험, 면접까지 모든 단계를 다 통과해놓고 정작 건강검진 결과 때문에 입사에서 미끄러질 뻔한 것이다. 다행히 재검에서 간신히 통과하긴 했지만 내 몸이 그 정도라는 게 놀라웠고 부끄러웠다. 검진한 병원과 인사팀에서도 간 수치 때문에 입사가 취소될 뻔한 경우는 내가 처음이라며 황당해했다. 억울하지만 자초한 일이었다.

조금만 움직여도 숨이 차 헉헉거리는 폐도, 볼

록 나온 뱃살도, 모니터를 찾아 앞으로 죽 뻗은 거북 목도 싫었다. 물론 어떻게든 몸을 움직여 체력을 키우고 살도 빼야 한다는 생각이 들기는 했다. 어떻게 해야 할지는 감이 잡히지 않았다. 홈 트레이닝 가이드 책도 사서 따라해보고 식단도 조절해보려 애를 썼지만 내 몸에 극적인 효과가 나타나지는 않았다. 다이어트를 시도했다가 한 달도 못 가 포기하는 일을 주기적으로 반복했다. 그나마 집에서 꾸준히 홈 트레이닝으로 운동을 하긴 했는데 여전히 먹는 양이 운동량보다 많았으므로 그 정도로는 몸의 변화를 느낄 수 없었다.

특히 내 몸이 싫어진 건 아이를 낳고 나서였다. 아이를 품느라 한껏 늘어났다 다시 쪼그라든 뱃살은 보기 싫게 늘어졌다. 살이 트지 말라고 튼살크림을 그렇게나 발라댔는데도 배 아랫부분은 온통 흉터로 가득했다.

그런 내게 후드티는 몸을 가려주는 마법의 망토였다. 나는 뱃살이 드러나지 않게 펑퍼짐한 옷을 입었고 말린 어깨를 가리기 위해 두꺼운 후드를 찾았다. 신기하게도 후드티를 입고 나면 내 몸에 대해 아무런 부끄러움도 들지 않았다. 몸매가 드러나지 않는 펑퍼짐한 원피스를 입어도 이 옷 안에 감추어

둔 살들이 빼꼼 드러날까 봐 바람이 세차게 불면 신경이 쓰였는데 후드티를 입으면 그러거나 말거나. 똑같이 펑퍼짐해도 원피스는 여리여리한 느낌을 주기 위해 가벼운 소재로 제작된 게 많다. 후드티는 바람 따위에는 끄떡없는 단단한 소재로 되어 있다. 웬만한 압력으로는 내 살을 노출시킬 수 없으니 두꺼운 후드티를 입고 나면 내 몸에 대해 의식하지 않아도 되어 좋았다.

나는 부단히 몸을 미워했는데 후드티는 오갈 데 없이 쏟아지는 내 미움을 잠시 멈추게 해줬다. 모두가 내 동그란 배를 보고 있는 것 같다고 생각했을 때도 후드티는 그 시야를 막아줬다.

아쉬운 게 있다면 단 하나, 프로페셔널이었다. 후드티를 입으면 남들 앞에서 전문가처럼 보이지 않을까 봐 아무래도 신경이 쓰였다. 회사 사람들 말고 외부인을 만날 때는 더 위축되었다. 미팅 자리에서 투피스나 치마 정장까지는 아니더라도 최소한 셔츠에 재킷 정도는 걸쳐줘야 진정한 직장인처럼 보일 것만 같았다. 여의도나 강남을 오가는 여느 직장인들처럼 말이다.

나는 비교적 어린 나이에 사회생활을 시작한지라 직장인이라기보다 학생처럼 보인다는 콤플렉스가 늘 있었다. 거래처 사람들과 여럿이 미팅하는 자리에서 명함을 나눌 때면 나보다 늦게 입사한 남성 후배가 언제나 나보다 먼저 상대의 명함을 받았다. 서로 악수를 나눌 때도 내 직급을 먼저 말하지 않으면 나만 아예 건너뛰는 경우도 종종 있었다. 협업 조직이나 거래처와 만나는 미팅 자리에서만큼은 경력 있는 커리어우먼으로 보이고 싶었다.

게다가 내가 본받고 싶은 주변의 여성 선배들은 다들 정장을 입고 다녔다. 선배들의 단정하고 여성스러운 이미지가 곧 프로페셔널처럼 보이기도 했다. 옷차림, 이미지, 그런 게 실력을 보증하지 않는다는 걸 모르는 건 아니었다. 그럼에도 부끄러워하는 몸을 가리려고 굳이 후드티만 찾아 입는 내가 전문가 같지 않다는 느낌이 들었고, 그런 마음 때문에 옷차림에 더 신경이 쓰였다. 그럴 때도 내게 몸은 내가 판단할 수 있는 게 아니라 어디까지나 타인이 판단해주는 것이었다.

또 하필 근래에는 자기관리마저 전문성의 한 갈래처럼 취급되니까 그런 마음이 더 커졌다. 방송인 유재석은 단체로 해외 휴가를 갔을 때마저 러닝머신에서 뛰었다. 이런 모습이 바로 '프로페셔널'이라는 강렬한 메시지를 몸소 보여주는 듯했다. 출산

후에도 날씬한 몸매를 뽐내는 여성 연예인을 조명하며 "정말 아이 셋을 둔 엄마의 몸이라고?" 하고 놀라는 방송의 자막도 마찬가지다. 방송인이든 개발자든 엄마든, 누가 어떤 상황에 처해 있든 몸을 단련해 군살을 빼는 것이 이 시대의 제1덕목 아닌가. 그런 분위기 속에서 단지 뱃살을 가리려고 후드티를 입는 나는 나태함의 상징인 것만 같았다.

이미지나 인상이 곧 실력을 결정하는 건 아니라고는 하지만 이미지에서 전문성을 드러내 보이지 못하면 구태여 더 노력해서 실력을 '입증'해야 하는 상태가 되는 것이다. 회사 생활을 하면서 외부 조직을 만난 자리에서 그런 일을 여러 차례 겪은 터라 그런 상황이 반복되는 게 진절머리 나게 싫었다. 그럼에도 고작 그 이미지를 위해 편안함을 포기해야 하는 것도 싫었다.

이 모든 상황마저 더해져 꽤 오랜 시간 내 몸을 혐오했다. 애초에 내 몸이 예뻤다면 날씬하게 말랐다면 이렇게 고민할 필요가 없을 텐데, 모든 화살은 내 몸으로 향했다.

그런 나를 깨뜨린 건 미국의 유명 아티스트 빌리 아일리시였다. 빌리 아일리시의 음악을 좋아하기는 했어도 어떤 사람인지는 잘 몰랐다. 빌리 아일리시 특유의 강렬한 연출을 보고 싶어서 뮤직비디오를 찾아보다가 우연히 그의 마이애미 콘서트 영상을 보게 됐다. 그곳에서 그는 옷을 벗고 있었다. 나에게는 매우 충격적인 탈의 퍼포먼스였다.

빌리 아일리시는 카메라 앞에 설 때면 늘 자기 몸보다 큰 옷을 걸치고 나왔다. 여름에는 커다란 반소매 티셔츠, 겨울에는 후드티, 맨투맨을 입었다. 그의 패션은 색깔이나 패턴, 모든 면에서 과감했지만 몸매를 직접적으로 드러내지는 않았다. 이 때문에 그는 연예인이면서도 몸매 관리를 안 한다는 둥, 실제로는 매우 뚱뚱할 것이라는 둥, 편한 옷을 입으면 여자가 아니라는 둥 하는 온갖 악성 댓글에 시달려야 했다.

마이애미 콘서트에서 빌리 아일리시가 옷을 벗은 건 바로 이 모든 악성 댓글 때문이었다. 후드티를 시작으로 후드티 안에 받쳐 입은 스웨터를 벗고, 탱크톱을 벗었다. 마침내 속옷 차림으로 선 빌리 아일리시는 군더더기 없는 말끔한 몸을 관객들에게 보여주고는 검은 강물 속으로 미끄러지듯 사라졌다. 벗은 몸으로 있더라도 그를 성적 대상화할 시간은 단 한 톨도 주지 않겠다는 듯한 매우 강력한 퍼포먼스였다. 이 퍼포먼스를 감행하면서 빌리 아일리시는 물었다.

"Do you know me? Really know me?"

몸을 본 적도 없으면서 몸을 품평하는 사람들, 옷차림만으로 누군가를 판단하고 비난하는 사람들에게 건네는 비판이었다. 심지어 이 물음은 빌리의 옷을 찬양하는 사람들에게도 향했다. 자신은 신념으로 옷을 입는 게 아니라 그저 스타일대로, 스스로 멋있다고 생각하는 방향대로 입을 뿐이라는 메시지였다. 나에게는 '너 나를 알아? 정말 알아?'라는 빌리의 물음이 바깥의 사람들이 아니라 나를 향하는 것처럼 느껴졌다.

'네가 정말 너를 안다고 생각해? 정말이야?'

이 물음 앞에서 나는 내내 감춰왔던 질문을 꺼냈다. 내 몸은 정말 최악이야? 그렇게 스스로 꼴 보기 싫을 만큼?

확실히 내 몸은 지금 우리 시대가 추구하는 전형적인 아름다움에서 벗어나 있다. 그렇지만 누가 봐도 완벽한 몸을 가졌다 한들 나는 빌리 아일리시처럼 모두의 앞에서 후드티를 벗을 수 없을 것이다. 그 몸조차도 나에게는 미완성의 것으로 보일 테니까. 의심해야 할 건 나 자신이었는지도 모른다. 혹시 나는 내게 완벽이라는 수식어를 절대 허락할 수 없었던 건 아닐까. 오늘 내 옷차림이 어떤 이에겐 괜찮아 보여도 다른 누군가에겐 또 괜찮지 않게 보일 수 있다. 내 몸을 보는 기준이 타인의 시선인 이상 나는 결코 완벽해질 수 없다.

나에게는 언제나 대전제가 있었다. 내가 뭘 얼마나 열심히 하든 나는 늘 부족하고 모자란 상태라는 것. 매일 그날의 업무를 마치고 나면 나는 내가 뭘 잘못했는지부터 점검했다. 다른 이들에게 말실수하진 않았는지부터 시작해서 하루를 다시 곱씹느라 내가 그날 견디고 지켜온 성취들을 생각할 겨를이 없었다. 다른 이들이 뭐라 말하든 그저 내가 옳다고 생각하는 길로 갈 수 있었는데도 나는 그렇게 하지 않았다.

내가 몰랐던 단점, 업무 중에 놓친 실수, 아직 접해보지 못한 신기술…. 어디가 얼마나 부족한지 아는 것이 곧 나를 아는 것이라고, 오랫동안 나는 그렇게 믿어왔다. 시험을 앞두고 오답 노트를 정리하며 자주 틀리는 문제 유형을 분석하는 수험생처럼 나는 내 인생에서도 끊임없이 오답 노트만을 채웠다. 몸에 대해서도 마찬가지였다. 내 몸엔 틀린 곳이 너무 많다고, 내 몸 구석구석을 오답 노트처럼 기록했다.

후드티를 입을 때 마음 편한 건 그저 배를 가려 주어서가 아니다. 후드티를 입으면 무언가 되어야 한다는 강박으로부터 해방된다. 투피스건 원피스건 후드티와 마찬가지로 사이즈를 넉넉하게 입는 건 똑같다. 그럼에도 그런 옷들을 입을 땐 이상하게 더 여성스럽고 우아한 사람처럼 보여야 한다는 강박이 있다. 그래서 시폰 소재 원피스를 입을 땐 단화라도 신고 배낭 대신 핸드백을 멘다.

후드티를 입으면 그런 건 생각할 필요가 없다. 물론 후드티로 감싼 내 몸이 건강미 넘치는 몸이었다면 더 좋았을 것이다. 그래도 살이 쪘건 배만 나온 E.T. 체형이건 굳이 더 여성스러워야 한다거나 어떤 이미지에 맞추려 굳이 노력하지 않아도 된다. 후드티를 입은 나는 예쁘거나 멋지거나 귀엽거나 상냥하거나 똑똑하거나 잘난 사람이 아니라 그냥 후드티를 입은 한 명의 사람이다.

나는 늘 빨간 펜을 들고서 스스로를 보는 사람이었다. 하지만 지나온 궤적을 돌아보면 그때는 틀렸다고 생각했던 것도 세월이 흘러 맞는 답이 되는 경우도 있다. 어차피 백 점짜리 인생을 살아온 것도 아니고 그렇게 백 점짜리 인생을 살아야 하는 것도 아니니 이제 어느 정도 오답은 슬그머니 덮어주기도 하면서 살아도 되지 않을까. 뱃살을 사랑할 수 있다는 소리는 아니다. 그렇지만 뱃살을 예뻐하고 사랑하진 못하더라도 그저 모른 척하며 같이 살 수는 있지 않을까.

후드티 입은 여자는 어디든 간다

패션에 문외한이지만 최근 트렌드가 '젠더리스룩'이라는 것 정도는 보고 들어 안다. 젠더리스룩은 말 그대로 젠더와 무관한 옷이라는 뜻이다. 이 옷들은 고정된 관습 속 남성성과 여성성을 재현하지 않아 성별과 관계없이 입을 수 있다. 젠더리스룩 패션쇼에서는 남성 모델에게 레이스를 입히고 여성에겐 펑퍼짐한 슈트를 코디한다. 그렇다고 일반적인 남성복과 여성복을 단순히 바꿔치기한 건 아니다. 성별 규범 때문에 제한되었던 소재나 실루엣 등의 금기를 깨고 마음껏 디자인하는 것이 젠더리스룩의 매력이다.

젠더리스룩은 왜 등장하게 됐을까. 다양한 이유가 있을 것이다. 젠더의 벽을 허무는 시도가 폭발적으로 늘어나고 있는 데다가 중성적인 매력도 시대적인 미로 각광받는다. 그런데 혹시 젠더리스룩이 등장한 배경에는 전통적인 여성복, 남성복이 불편하다는 이유도 있지 않을까.

얼마 전 내가 속한 사내 노동조합에서 단체복으로 간절기에 입기 좋은 플리스 집업을 주문하기로 했다. 조합원들에게 신청을 받았는데 재밌게도 여남할 것 없이 모든 조합원이 남성용 플리스를 신청했다. 같은 플리스 옷이라도 여성용에는 허리선이 잘록하게 들어가 있어 불편하기 때문이다. 같은 이유로 나도 옷을 살 때 남성복과 여성복이 구분된 브랜드라면 언제나 남성용을 산다. 어깨가 좀 안 맞기는 해도 허리가 조이는 것보다는 어깨가 넉넉한 편이 훨씬 좋다.

남성복은 몰라도 여성복은 정말 불편하다. 원피스를 예로 들어보자. 현대 여성 직장인들의 전투복은 원피스다. 물론 원피스도 소재나 디자인에 따라 천차만별이다. 그러나 원피스는 출근하기 전, 상의와 하의 조합을 고심해야 할 시간을 혁신적으로 줄여주는 최고의 아이템이다. 고민 없이 몸을 욱여넣기만 하면 된다. 출근 전 1분 1초가 얼마나 귀한지 안다면 원피스를 선택하지 않을 이유가 없다.

뒤집어쓰기만 하면 되는 옷이라도 원피스 역시 입기 까다로운 지점이 없지는 않다. 안감이 공단으로 된 원피스들은 대체로 입기가 어렵다. 이런 원피스들은 보통 고무줄 대신 지퍼를 사용한다. 신축성 없는 소재에 한 치의 여유도 없는 지퍼 때문에 입을 때는 꼭 맞아도 밥이라도 먹고 나면 괴로워지게 마련이다. 그런데다 허리선과 어깨는 칼같이 각을 재뽑아내면서 팔은 또 제대로 움직일 수 없게 제작되어서 지하철 손잡이조차 잡기 힘들다. 내 옷장에도 이런 소재로 된 원피스가 한 벌 있는데 이 옷이 옷장에 모셔진 10년 동안 대학교 졸업식과 결혼 전 상견례, 딱 두 번 입었다.

원피스 길이에 따라서도 난이도가 달라진다. 원피스가 길면 정말이지 불편하다. 너무 긴 원피스는 계단 올라갈 때 밟히기도 하고 심지어 찢어지기도 한다. 짧은 원피스를 입었을 때의 불편함은 두말할 필요도 없다. 길이뿐 아니라 품도 중요하다. 통이 넓은 치마는 그럴 일이 없지만 통이 좁은 치마는 정말 잘 찢어진다.

앉았다 일어나는 것만으로도 원피스가 찢어진적도 있다. 그냥 혼자 앉았다가 일어난 게 아니라 내어깨 위로 15킬로그램의 아이가 목말을 타고 있을 때였다. 어깨로 올라온 아이를 장난삼아 들어 올리기 위해 '으랏' 하고 기합을 넣고 힘차게 일어섰는데 무언가 찢어지는 소리가 났다. 부욱! 너무 큰 소리라 옷이 찢어졌을 거라고는 생각지도 못했다. 놀란 남편의 시선을 보고서야 내 옷이 찢어진 걸 알았다.

하필 시부모님 생신 파티를 한다고 시가 식구들이 모두 한데 모인 자리였다. 부랴부랴 상의를 벗어 찢어진 치마를 감춰보려 했지만 이미 엉덩이 부근까지 시원하게 찢어진 터라 감출 도리가 없었다. 마침 그날은 시아버지가 태국 여행을 하고 귀국하신

지 얼마 안 된 때라 가족 모두 태국의 명물인 코끼리 바지를 한 벌씩 나눠 받은 참이었다.

결국 나는 코끼리 바지로 갈아입었다. 원래 입고 간 원피스보다 훨씬 더 편한 옷이기는 했지만 마음만은 이보다 더할 수 없을 정도로 민망하고 불편했다. 검은색 바탕에 황금색 무늬가 찬란하게 박힌 고무줄 바지를 입고 집으로 돌아가던 길, 침착하려고 노력했지만 이미 토마토처럼 새빨갛게 익은 얼굴은 쉬이 나아지지 않았다.

원피스만 문제겠는가. 여성복에서 가장 불만스러운 지점은 주머니다. 대다수 여성복에는 주머니가 없다. 매일같이 대중교통으로 출퇴근하는 내겐 주머니가 가장 중요한데 말이다. 나는 매일 출근을 준비하면서 그날 입을 옷에 주머니가 있는지 없는지 확인한다. 스키니진에는 대부분 앞주머니가 없고 엉덩이 쪽에 손바닥만 한 주머니가 있다. 레깅스는 스타킹이나 다름없으니 당연히 주머니가 없다. 조금 멋을 낸 바지다 싶으면 또 주머니가 없다. 찰랑찰랑한 원피스나 일반적으로 자주 입는 H라인 치마에도 주머니가 없다. 주머니가 딱 하나만 있으면 되는데 그 하나가 없어서 결국 옷을 통째로 갈아입는 경우도 허다하다.

주머니가 없으면 왜 안 되느냐 하면, 그냥 불편하기 때문이다. 나는 대중교통을 여러 번 환승해야 하니 교통카드를 빠르게 꺼내야 하는데 백팩은 그런 신속성이 현저히 떨어진다. 핸드폰 같은 것도 마찬가지다. 늘 손에 들고 다니긴 귀찮으니까 어딘가 넣어두고 싶은데 모든 걸 목에 걸고 다닐 수는 없지 않겠는가.

이건 정말 시대 역행이다. 브랜드 '샤넬'을 창시한 가브리엘 보뇌르 샤넬이 여성복에 주머니를 단지가 70년이 훌쩍 지났는데 아직까지도 많은 여성복에는 주머니가 없다.

사실 여성복을 말하면서 샤넬을 빼놓을 수 없다. 샤넬이 만든 건 옷이 아니라 역사였고 의상을 통한 혁명이었다. 그 시절에는 모든 여성이 페티코트(치마의 풍성한 실루엣을 과장하기 위해 크고 빳빳한 소재로 만들어 치마 속에 입는 일종의 속옷)를 입고 그 위에 화려한 장식을 단 드레스를 둘렀다. 샤넬은 그 흐름에 반기를 들듯 단순하고 수수하면서도 감각적이고 편안한 여성복을 제작했다. 전쟁을 치르는 동안 작업대와 병상을 바쁘게 오갈 때도 여성들은 바닥까지 끌리는 치마를 입어야 했는데, 코코 샤넬은 치마 길이를 과감하게 무릎까지 잘라냈다.

그뿐이랴. 샤넬은 가슴과 허리, 엉덩이 등 몸매가 크게 드러나지 않는 실루엣으로 여성복을 디자인했다. 여성 역시 남성처럼 편안하게 옷을 입을 수 있다는 사실을 패션을 통해 몸소 설파한 것이다.

'샤넬백'은 그 근간이 체인에 있다고 설명된다. 샤넬백의 체인이 중요한 건 미학적인 이유가 아니라 실용성 때문이다. 당시 여성들은 손에 직접 쥐어야 하는 손잡이 없는 클러치백이나 손잡이가 아주 짧은 가방을 주로 갖고 다녔다. 샤넬백은 긴 체인이 있어 가방을 어깨에도 멜 수 있고 팔에도 걸 수 있었다. 두 손이 자유로워진 것이다. 이 모든 이유 덕분에 '샤넬'은 여성에게 자유를 선물한 패션 브랜드로 평가된다.

샤넬이 세운 숱한 업적 중 하나가 바로 주머니다. 샤넬은 여성들이 입는 재킷에 장식용이 아니라 정말 무언가를 수납할 수 있는 주머니를 달았다. 여성들이 입는 바지에도 주머니를 만들었다. 이전까지 여성 의복에서 주머니는 모양만 있거나 그마저도 없는 경우가 많았다. 샤넬은 대담하게도 재킷에 주머니를 만들었다. 거기에다가 담뱃갑을 넣어 다니면서 재킷에서 담배를 꺼내고 한쪽 주머니에 손을 찔러 넣은 채 담배를 피웠다고 한다.

샤넬이 이렇게 주머니를 개발한 게 한참 전인데도 나는 여전히 여성복에서 주머니를 찾고 있다. 멋내는 여성복이 아니라 그저 학생이면 의무적으로 입어야 하는 교복조차 주머니가 없었다. 아, 하나 있기는 했다. 무용지물이었지만. 나는 지금까지도 교복 조끼에 달려 있던 주머니보다 더 작은 주머니는 본 적이 없다. 어찌나 주머니가 작았는지 손가락의 절반밖에 들어가지 않았다. 지갑이나 휴대폰이 들어갈 수 없는 건 당연했다. 그저 머리를 묶는 고무줄 혹은 머리핀 정도나 넣을 수 있었다.

주머니 있는 옷이 많지 않기 때문에 여성들 사이에 미니백이 성행하는 건지도 모르겠다. 옷에 주머니가 마땅치 않으니 그때그때 수시로 꺼내야 하는 교통카드나 지갑, 핸드폰 같은 건 미니백에 넣어 들고 다니는 식이다. 나도 종종 미니백을 애용하긴 했다. 하지만 출산을 하면서 골반이 심하게 비틀어진 터라 어깨를 가르며 크로스로 메는 미니백을 자주 이용하면 골반 통증이 더 심해진다. 그래서 가능한 메지 않는 편이다.

그런데 이 모든 비애를 단숨에 해결해주는 옷이 있다. 역시나 바로 후드티다. 사실 후드티야말로 원조 젠더리스룩이 아닐까. 후드티는 일단 주머니

걱정을 할 필요가 없다. 주머니가 후드티의 아이덴티티이기도 하니까. 후드티 주머니엔 교통카드나 핸드폰은 물론이고 영수증 뭉치나 손수건, 마스크 같은 일상 용품도 빠르게 수납할 수 있다(세탁할 때 꼭 빼야 한다. 나는 자꾸 이걸 잊어버려서 빨래를 꺼내고 나서 눈물을 흘리곤 한다).

여성복으로서 후드티의 가장 큰 미덕은 뭐니 뭐니 해도 바로 '노브라'가 가능하다는 점이다. 요새는 가슴 부분 안쪽에 패드를 달아 아예 '노브라옷'이라고 나오는 경우도 많지만 후드티는 굳이 '노브라옷'이라고 따로 명명하지 않아도 노브라가 가능한 옷이다.

아무리 봐도 브래지어는 인류 역사상 최악의 발명품이 분명하다. 와이어로 가슴 밑을 꽉 죄는 브래지어는 활동을 제약할 뿐만 아니라 종일 사람을 괴롭게 한다. 여성들이 속이 불편할 때 가장 먼저 풀어버리는 것도 브래지어다. 나는 위가 좋지 않아 자주 체하는 편인데 사무실에서 체하면 화장실로 가 일단 브래지어를 푼다. 브래지어를 풀고 나면 비로소 피가 도는 것 같다.

브래지어는 입었을 때 불편할 뿐만 아니라 착용 중에 관리하는 것도 정말 까다롭다. 브래지어 끈

은 수시로 내려가고, 다시 올려도 티셔츠 바깥으로
보이지 않도록 주의해야 한다(라고 교육받아왔다). 고
등학생 때 브래지어 끈이 보인다고 학생주임한테 어
깨를 맞은 학생들이 얼마나 많았던지. 나도 그중 하
나였다.

　브래지어 끈 관리하는 것도 일이어서 나는 가
능한 민소매 형태로 제작된 브라렛만 입는다. 그렇
지만 브라렛조차 불편하기는 매한가지다. 아무리 가
볍고 통기성이 좋고 조이지 않아도 안 입는 것보다
편한 것은 없다. 그래서 집에 오면 브라렛부터 먼저
벗어 던진다.

　후드티를 입는 계절이 오면 이런 불편을 감수
하지 않아도 된다. 브래지어를 하지 않아도 티가 나
지 않고 행여나 티가 나더라도 눈에 잘 띄지 않는다.
후드티를 입을 때는 대체로 안에 흰색 반소매 티셔
츠를 받쳐 입으니 두께감이 더해져 그렇기도 하다.
게다가 후드티에는 일반적으로 큼지막한 로고나 커
다란 주머니가 있어 시선을 분산시킨다. 샤넬이 여
성들에게 체인백과 주머니로 두 손의 자유를 주었다
면, 후드티는 여성들에게 가슴의 자유를 선물한 셈
이다.

　물론 티가 나든 그렇지 않든 노브라를 선호하

는 사람들도 있다. 나도 마음은 굴뚝같지만 아직까지는 여름처럼 옷이 얇은 계절에 브래지어 없이 외출하는 게 다소 망설여진다. 그런 내게 후드티는 노브라를 연습할 수 있는 좋은 도구다. 나처럼 노브라를 시도해보기 어려웠던 사람이라면 후드티를 강력 추천한다.

말하자면 후드티는 내게 날개옷이랄까. 아이와 함께 전통 설화 『선녀와 나무꾼』을 읽고서 궁금했다. 선녀가 입은 날개옷은 등에 커다랗고 구불거리는 비단 천이 달려 있는데 그런 옷으로 하늘까지 무사히 올라갈 수 있을까? 등 뒤에 달린 하늘하늘한 비단끈은 나뭇가지에 걸리지 않을까? 치렁치렁한 치마가 바람에 펄럭이면 상승 비행을 방해하지 않을까? 미끈미끈한 비단옷을 입고서 두 아이를 안고 하늘에 올라가다가는 아이들을 놓치지 않을까?

아무래도 선녀의 귀천에 어울릴 만한 옷은 후드티가 아닐지. 후드티에 달린 후드는 비나 눈, 바람도 막아주고 면 소재인 데다 소매는 품이 넉넉해 두 아이를 안고도 팔을 휘두를 수 있다. 후드티 주머니엔 꼭 가져가야 할 물건을 챙길 수도 있으며, 하늘하늘한 비단 천처럼 어디에 걸릴 우려를 하지 않아도 된다.

후드티 입은 여자는 어디든 간다. 최소한 옷에 관해서는 아무런 걱정 없이. 아름다운 옷이 주는 효용도 물론 있다. 나는 그 아름다운 옷들이 나름의 매력을 살리면서도 훨씬 더 편해졌으면 한다. '옷이 날개'가 되려면, 말 그대로 옷이 날개가 되어야 한다. 날개의 효능은 멋이 아니라 날아가는 데 있다.

우리는 가깝지만 느슨하게

교복을 제외하고 내가 가장 오래 입은 단체복은 대학교 이름과 로고가 인쇄된 옷이었다. 요즘 대학생들도 흔히 입는, 학번이나 대학교 이름이 멋스럽게 박힌 야구 점퍼 같은 건 아니었다. 망사로 된 조끼였고 도서관 근로학생이 근무할 때 반드시 입어야 하는 옷이었다. 시간대별로 일하는 여러 근로학생들이 돌아가며 입은 옷인지라 조끼에서는 늘 퀴퀴한 땀냄새 같은 게 났다.

그래도 책 수레를 끌며 서가를 돌아다니는 일은 싫지 않았다. 오히려 나는 그 일을 좋아하는 편이었다. 책의 제자리를 찾아 꽂는 건 퍼즐 조각이 딱 맞아떨어지는 듯한 경쾌함이 있었다. 게다가 내가 몰랐던 책들을 발견하는 재미도 쏠쏠했다. 와, 이런 책이 있었구나. 이런 걸 다룬 책도 있구나. 다른 이들이 대여했던 책을 책장에 다시 꽂아 넣으며 새로운 지식의 세계를 엿봤다. 재미있어 보이는 책은 메모해두었다가 책을 다 꽂고 나서 다음 수레를 기다리는 동안 짬을 내 읽어보기도 했다.

도서관에서 서가에 책을 꽂던 그 시간은 내가 지나온 청춘의 시절 중 가장 적막하고 고요한 때였다. 그때 나에게는 소속이 없었다. 물론 학교에 다니고 있으니 전공이나 학과는 있었지만 학교 어딘가에 소속되어 활동하던 크고 작은 일들을 모두 정리한 뒤였다. 신입생 시절 호기심에 가입한 동아리는 나와 맞지 않아 일찌감치 탈퇴했고 학과 모임엔 이미 나가지 않은 지 오래였다. 학과 안에 있는 연구회나 동아리 등에 가입한 적도 있지만 금세 질려 잘 출석하지 않았다. 나는 테두리가 있는 집단의 부적응자였다.

그렇다고 학교에 있는 내내 수업만 들은 건 아니었다. 친구들과 함께 사회 문제를 다룬 책을 읽거나 집회에 나가기도 했다. 다만 내가 다닌 모임들엔 마땅한 형태가 없었다. 학생회도 동아리도 아닌 소모임에서 모임원들과 함께 자발적으로 공부하고 대자보를 썼다. 쌍용자동차 노조가 파업했을 때 나와 친구들은 겁이 나 덜덜 떨면서도 의연한 척 1호선을 타고 파업 현장인 평택으로 갔다. 우리가 선 곳에서 공장이 너무 멀어 안에 갇혀 시위하는 노동자들에게 목소리가 닿는지 확신이 없었지만 목이 터져라 구호를 외쳤다.

우리는 매주 모여 머리를 맞대고 고민하고 토의했다. 동아리도 학생회도 아니어서 마땅한 공간도 없었다. 늘 어딘가를 빌려 썼다. 나는 뭔가 하고 있는 건 분명한데 우리 모임을 뭐라고 얘기해야 할지 잘 몰랐다. 어딘가에 단단히 뿌리내릴 수 없는 우리 모임은 자유로웠고 불안정했다. 우리는 3학년이었고 함께 모임을 하던 친구들은 제각기 진로를 찾아 차근히 발을 옮기는 중이었다. 절친한 친구들은 각자 계획한 미래를 그렸다. 어학연수를 떠난 친구도 있었고 자퇴한 친구도 있었다. 그 사이에서 나는 가야 할 길을 잃었다.

당시 대자보에 빠지지 않고 등장한 문구는 "청년이여, 토익책 대신 짱돌을 들어라"였다. '88만 원 세대'가 막 이슈화된 참이었다. 나름대로 열심히 짱돌을 들었고 토익책은 거들떠보지도 않았는데, 성큼 다가온 졸업은 나를 납작하게 짓눌렀다.

혼란스러웠다. 어떻게든 일구어낼 줄 알았던 미래는 한 치 앞도 보이지 않았다. 설상가상 폭력적인 연애에 빠져 허우적대느라 우울 밖으로 빠져나오지 못하고 있었다.

그러니 오로지 책을 꽂는 시간만이 좋았다. 행여나 도서관을 오가다가 지인을 만날까 걱정되어 후드를 깊게 눌러쓰고 얼굴을 가리고 다녔다. 하필 검은색 후드만 찾게 된 건 아무래도 내 감정이 반영되었던 걸까. 나만 빼고 모두 밝은 세계에 있는 것 같아서, 나는 그림자처럼 학교를 숨어서 다녔다.

조용히 도서관만 오가던 그때 학내에서는 수 년 만에 다시 총여학생회 선거가 열리고 있었다. 후 보자는 단 한 명, 단선으로 치러진 선거였다. 곳곳에 투표소가 설치되었고 투표소마다 총여학생회 선본 (선거운동본부) 소속원들이 노란색 단체 후드티를 입 고서 투표를 독려하고 있었다. 새로운 시작을 꿈꾸 는 듯 샛노란 색이었다. 나도 선본원의 홍보에 이끌 려 기표소에 들어가 도장을 찍었다. 진심으로 이 학 생회가 당선되면 좋겠다고 생각했다. 투표율이 저조 하긴 했지만 득표율 정족수를 채워 수년 만에 총여 학생회가 다시 서게 됐다.

분명 모든 것으로부터 도망치려 했었는데, 무 슨 용기였는지 모르겠다. 나는 총여학생회 문을 두 드렸다. 한참 망설인 끝에 총여학생회가 들어선 후 처음 열린 세미나에 참여 신청을 했다. 당시 세미나 주제는 결혼제도, 데이트 폭력, 비혼 등 여성의 삶에 대한 문제들이었다. 불안정하고 불확실한 시간 속에 서 내 삶 안에 개재된 여러 당위들을 다시 생각해보 고 싶었던 것인지도 모르겠다.

두드리자, 문은 열렸다. 투표소 앞에서 만났던 선본원들이 여전히 샛노란 후드티를 입고 나를 반갑 게 맞아주었다. 세미나에서는 전공과 학번 대신 불리고 싶은 이름으로 자신을 소개했다. 내 이름은 갱. 이름 앞 글자에서 따온 별칭이었다.

세미나를 시작으로 나는 총여학생회 활동에 조금씩 더 빠져들었다. 교내 여성영화제를 함께 열고 학내 캠페인에 동참했다. 뭐가 되고 싶은지, 뭘 하고 싶은지 도무지 감이 잡히지 않는 상황은 계속됐어도 총여학생회 활동을 하면서 내 안의 질문들에 스스로 대답할 수 있었다. 폭력적인 남자친구와 관계를 끊었고, 내 등을 떠미는 압박들에 쉽게 넘어가지 않으려 단단히 마음먹게 됐다.

총여학생회는 테두리가 있는 조직이었으나 그 테두리는 실선이라기보다 점선에 가까웠다. 학생회 안에서 우리는 학번과 나이에 상관없이 수평적 관계를 맺었다. 뚜렷한 목표와 지향이 있었다기보다는 최소한의 합의만을 바탕으로 함께 방향을 찾아 나아가는 편이었다.

이전의 활동들에서 내 소속감은 주로 깃발에 있었다. 집회에 참여했을 때 어떤 깃발 아래에 앉는지, 누구의 구호를 따라 외치는지에 따라 내 소속이 증명됐다. 그런 분위기가 싫은 건 아니었지만 이상하게 나는 제대로 녹아들지 못했다. 그래서 늘 이런 저런 핑계를 대며 집회 중간에 홀로 빠져나올 때가 많았다. 깃발 아래 있으면 온몸이 간지러운 듯한 기분이 들었다.

총여학생회에서는 그럴 일이 없었다. 왜냐하면 일단 깃발이 없었다. 여성의날 집회나 퀴어 페스티벌에 참석할 때 우리는 깃발을 드는 대신 우리 몸에 알록달록 메시지를 새겼다. 무지개색 페이스페인팅을 하고 화려한 옷을 입은 채 목청껏 노래 부르고, 춤추다 지치면 쉬고, 놀고 싶으면 놀았다.

학생회 임기가 거의 끝날 무렵, 우리는 모든 행사를 마친 뒤 미루고 미뤄온 대청소를 했다. 학생회실 집기를 밖으로 들어내고 물을 부어 바닥 청소를 했다. 싹싹 바닥을 닦고 창틀을 청소했다. 구석에 먼지투성이가 된 자료들도 꺼내 분류했다. 그러던 중 상자 하나를 발견했다. 열어보니 예의 그 노란색 후드티가 보물처럼 몇 벌 남아 있었다. 청소를 마친 뒤 나는 검은색 후드티를 벗고 노란색 후드티로 갈아입었다. 심장이 쿵쾅쿵쾅 뛰었다.

이상한 일이었다. 나는 정형화된 조직을 싫어했는데 학생회에 속한 걸로 모자라 단체복이라니. 내가 싫었던 건 집단 자체가 아니라 집단에 나를 맞춰가는 일이었을까. 대학에 입학하거나 특정 전공 수업을 듣는 것만으로는 학교에 소속감을 느끼지 못했던 것처럼 말이다. 나는 그런 종류의 소속을 낯간 지러워했다. 그저 소속되어 있다는 이유만으로 소속감을 느껴야 하는 게 싫었다. 그래서 신입생 오리엔테이션은 물론 엠티도 가본 적이 없었다.

내게 소속감은 집단과 내가 상호교류하는 감각 속에서 조심스레 피어나는 유리장미와도 같았다. 오래 함께 시간을 보내야 비로소 싹트기 시작하는데 사소한 일 하나로도 깨지기 쉽다.

그렇다고 총여학생회가 평화로웠냐면 그건 절대 아니었다. 행사 하나를 준비하거나 마칠 때마다 우리는 토론하고 싸우고 울었다. 수평적인 관계에 비해 공평하게 분담되지 않는 일감, 누군가에게 방기되는 책임 등에 대해 치열하게 논의했다. 정말 많은 문제가 산적해 있던 가운데 열변하고 다투면서 소속감이 피어났다는 건 정말 아이러니한 일이다.

그해 연말 우리는 모두 노란색 후드티를 입고 모였다. 학생회 마지막 모임이었다. 우리는 다음 해 총여학생회장 후보를 내지 못했고, 다음 학생회를 어떻게 해야 할지 방향을 잡지 못했다. 몇 번이나 토론을 하다가 계속 막차 시간이 되어서, 이럴 거면 아예 날을 잡고 끝장토론을 하자 싶어 숙소를 잡았다. 해가 넘어가고 또 떠오를 때까지 쉼 없이 의견을 주고발았지만 이렇다 할 답은 없었다. 결국 그다음 달 학생회는 비상대책위원회로 전환됐고 나는 다시 도서관으로 돌아갔다. 이번엔 서가 정리 아르바이트 대신 토익책을 손에 들고 졸업을 준비했다.

내가 몸담았던 총여학생회는 비상대책위원회마저 없어졌다고 한다. 나도 학교를 떠나 졸업한 지오래고, 그때 입던 노란 후드티는 어딘가로 사라졌다. 시간이 많이 지났고 남은 흔적은 없다. 그런데도 그때의 소속감만큼은 지금까지 끈질기게 마음 한편에 남아 있다.

십대여성인권센터 IT 지원단 'Women Do IT' 팀의 단체 후드티를 만들 때 그때의 기억이 거름이되었다. 나는 총여학생회 활동 이후로는 독립활동가로서 혼자 활동해왔다. 특정한 이슈가 생기면 여러 조직이나 활동가들이 한데 모여 팀처럼 일하다가 프로젝트가 정리되면 흩어지는 회사의 TF그룹처럼 말이다. 나는 보통 그런 모임들에 개발이나 온라인 캠페인 기획으로 참여했다. 그게 싫지는 않았지만 어딘가 외로웠다. 함께 오랫동안 머리를 맞댈 수 있는 사람이 있으면 좋겠다고 생각했다.

'Women do IT' 팀은 그런 나에게 생긴 첫 번째 팀이다. 팀원들과 나는 디지털 성폭력 문제를 연구한다. 디지털 성폭력 중에서도 주로 랜덤채팅 앱 내에서 일어나는 청소년 성 착취 문제에 집중하고 있다. 2년 정도 함께하면서 우리는 지속적으로 만나 문제를 고민하고 활동을 기획했다.

팀이 결성된 지 1년이 좀 지났을 때 우리는 1주년 기념으로 단체티를 제작하기로 했다. 가벼운 마음으로 시작한 일이었는데 생각보다 꽤 시간이 걸렸다. 후드티냐 후드집업이냐, 기모냐 사계절 후드냐, 이런 고민들은 생각보다 손쉽게 교통정리가 됐다. 문제는 후드티마다 핏이 다르다는 것이었다. 팀원들은 각자 자신에게 맞는 핏을 고민하며 신중하게 후드티를 골랐다.

후드티 샘플 중에는 밑단이 시보리(소매나 밑단을 신축성 있게 마무리한 형태)로 제작된 상품들이 있었는데 한 명이 그런 것들은 복부를 도드라지게 한다고 해서 대거 탈락시켰다. 다른 한 명이 제안한 건 기장이 긴 것이었다. 그는 허리가 긴 편이라 기장이 짧으면 옷이 위로 말려 올라가니 가능한 기장이 긴 것이 좋겠다고 제안했다. 인쇄할 면은 등판이 좋은지 앞판이 좋은지, 로고 색깔은 어떻게 할 것인지 등을 꼼꼼하게 논의했다(나는 일단 단체티로 제작하는 만큼 로고를 어떻게 인쇄하는지가 가장 중요했다. 아무리 단체티라도 로고를 너무 큼지막하게 인쇄하는 건 정말이지 사양하고 싶었다. 내게 소속감의 크기는 로고의 크기와 반비례하는 것이었다).

수일에 걸쳐 논의된 '후드티 제작 안건'은 모두에게 만족스러운 결과를 내며 성황리에 막을 내렸다. 팀원 모두의 몸을 고려하며 성심껏 제작된 단체 후드티는 우리 활동에도 맞춤 제작된 작업복이었다. 우리는 그 옷을 입고 토론회에 나가거나 인터뷰에 응하고 유튜브 촬영을 했다. 각자의 회사에서 일할 때도, 어딘가 캠페인을 하러 갈 때도 이 튼튼한 후드티 한 벌이면 충분했다.

이 후드티는 우리의 팀워크 그 자체다. 나는 팀 로고조차 보일 듯 말 듯 눈에 띄지 않는 이 후드티 한 벌로 묶이는 정도의 느슨한 관계가 좋다. 불안정성과 안정성 사이에서 아슬아슬한 줄타기를 해야겠지만 그 정도는 운에 맡겨도 되는 것 아닐까.

내가 그 샛노란 후드티로부터 용기를 얻고 총여학생회 문을 두드렸던 건 그곳이 완성되어 있기 때문이 아니라 오히려 미완성이었기 때문이다. 끝없이 싸우고 논의하며 그때그때 우리만의 해답을 만들어낼 수 있었으니 그것으로 충분하다. 모두가 정답을 한목소리로 외쳐야 한다는 부담 없이 그저 서

로 원하는 목소리를 내보면서 여러 가지를 실험해볼
수 있으면 좋겠다. 우리가 달리는 건 100미터 코스
가 아니니까. 힘들면 쉬어가고, 지치면 바통을 서로
에게 맡기면서, 갈 수 있는 만큼 조금씩 이어 달리고
싶다. 무엇보다 끝이 보이지 않는 이어달리기에 후
드티는, 정말이지 너무 좋은 동료가 아닌가.

덕질은 나눌수록 커지잖아요

코로나19 바이러스가 전 세계를 뒤덮은 2020년, 나는 아이와 줄곧 집에 갇혀 있었다. 그나마 다행인 건 확진자가 속출하기 직전에 이미 휴직계를 낸 상태였다는 것이다. 이 사태를 예견한 건 당연히 아니고 남편의 장기 출장이 예정되어 있어서였다. 남편의 출장 기간에 아이를 돌보며 일할 방법을 백방으로 고민해봤지만 도무지 대안이 없어 회사에 양해를 구하고 육아휴직을 냈다. 그때 휴직을 하지 않았더라면 더 괴로운 상황이 되었을 뻔했다.

아이와 단둘이 이렇게 오랫동안 시간을 보내는 건 햇수로 5년 만이었다. 처음엔 둘이 보내는 시간이 모두 새롭고 좋았다. 평일 오전, 함께 놀이공원에 가기도 하고 집 근처를 한가로이 산책하기도 했다. 놀이터에서 온종일 시간을 보내다 근처 빵집에서 빵을 먹고 또 놀고. 체력이 부치기는 했어도 꽤 재미있고 의미 있는 시간이었다.

그런데 코로나19 바이러스가 점점 더 옥죄어오는 통에 집 앞 놀이터조차 나갈 수 없게 되자 그때부턴 상황이 완전히 달라졌다. 밖에서는 얼마든지 아이와 뛰어놀 수 있었지만 집에서는 아니었다. 집에 오래 갇혀 있다 보니 아이의 발걸음 하나에도 예민하게 호통치고, 함께 노래하고 춤추는 것도 조심스러워졌다. 층간소음을 고려해 조용조용 논다는 건 불가능에 가까웠다. 여기에 더해 삼시 세끼를 차리고 또 치우는 일은 정말이지 버거웠다. 쉽게 오지 않을 이 시간을 아이와 즐거운 경험으로만 가득 채우고 싶었는데, 하루하루 더 확산되는 코로나19 바이러스 소식에 그저 즐길 수만은 없게 됐다. 아이는 계속 따분해했고 나는 하루하루 견디는 일이 힘에 부쳐 도무지 견딜 수가 없었다.

이 시국을 어떻게 타개할까 고민하던 중 내 앞에 한 줄기 희망이 내려왔다. 바로 지브리 애니메이션이었다. 매월 구독하는 영화 스트리밍 서비스에 지브리스튜디오의 만화들이 들어온 것이다. 〈이웃집 토토로〉는 물론이고 한때 내가 사랑해 마지않던 〈마녀배달부 키키〉나 〈귀를 기울이면〉, 〈천공의 성 라퓨타〉…, 청소년기에 두근거리는 마음으로 시청했던 그 아름다운 모험 이야기를 지금 내 아이와 함께 볼 수 있다니, 감격스러웠다.

아이가 지브리의 만화들을 싫어하면 어쩌나 염려한 게 무색할 정도로 아이는 애니메이션 시리즈를 모두 좋아했다. 나는 지브리 시리즈 중에서 키키라는 꼬마 마녀가 빗자루를 타고 다니며 도시에서 배달 일을 하는 〈마녀배달부 키키〉를 가장 좋아한다.

자기가 살고 싶은 곳을 찾아 용감하게 빗자루를 타고 떠나는 모습도 좋고 새로운 장소에 적응하고 처음 해보는 일에 도전하는 태도도 사랑스럽다.

마녀가 빗자루를 타고 다니는 이 만화를 아이도 좋아할 거라 생각했지만 아이는 의외로 키키에는 전혀 관심이 없었다. 오히려 아이에겐 좀 어렵지 않을까 싶었던 〈하울의 움직이는 성〉이나 〈천공의 성 라퓨타〉를 몹시 좋아했다(〈센과 치히로의 행방불명〉은 예고편만으로도 아이가 무서워하는 통에 시도하지 못했다). 두 번 세 번 만화를 돌려보면서 우리는 하울과 소피가 되어 역할 놀이를 하기도 하고 라퓨타를 함께 스케치북에 그려보기도 했다. 아이는 〈벼랑 위의 포뇨〉에 푹 빠져 온종일 포뇨 말투를 흉내내기도 했다. 때로는 하울이나 포뇨가 요리해 먹은 음식을 함께 만들기도 하면서 지겨운 가택연금 생활을 조금씩 버텨냈다.

그때는 몰랐다. 이 모든 게 본격적인 덕질의 시작이 되리라고는. 여느 때와 같이 열심히 지브리 만화를 보던 어느 날 아이가 불쑥 토토로 인형이 갖고 싶다고 했다. 그 정도는 괜찮지 않을까 싶어 토토로 인형을 열심히 검색해봤는데 여러 모양이 있었다. 아이와 함께 웹사이트에서 이것저것 인형 사진을 확인하며 심혈을 기울여 고민하다가 씨앗 주머니를 들고 있는 토토로 인형을 골랐다.

그 인형을 필두로 아이는 본격적인 굿즈 덕질에 빠져들었다. 사실 내 사심도 많이 개입되었다. 아이가 사달라고 한 인형을 구입하면서 사는 김에 내가 쓸 물컵도 하나 주문했다. 토토로와 메이가 사이좋게 그려진 머그컵이었다. 그 후엔 옷이었다. 아이와 오랜만에 장을 보러 외출했는데 하필 거기서 토토로가 그려진 옷을 발견한 것이다. 아이는 낯선 곳에서 만난 토토로를 그냥 두고 보지 못하고 기어이 집으로 데려왔다.

안 된다고 할 수도 있었지만 그러지 못한 건 나조차도 덕질의 기쁨에 빠진 사람이기 때문이다. 아이로서는 태어나서 처음으로 덕질을 하는 셈이니 그걸 어떻게 꺾을 수 있겠는가. 자기가 좋아하는 캐릭터를 일상 속에 두는 게 얼마나 큰 행복을 주는지 나는 안다. 지금 이 글을 쓰는 중에도 모니터 옆에는 찰리 브라운과 스누피가 다소곳하게 앉아 있다. 프랜차이즈 햄버거 가게에서 피규어 증정 이벤트를 했을 때 제작한 한정판 피규어인데, 그때 얻지 못해 중고시장에서 어렵사리 구한 아이템이다. 그런 내가 아이의 간절한 눈빛을 외면할 수는 없었다.

후드티를 좋아하는 만큼 최근 몇 년 동안 나는 주로 후드티를 덕질해왔다. 주로 아이템을 고르던 곳은 크라우드 펀딩 사이트였다. 이곳에서는 기성품으로 잘 나오지 않는 희귀한 상품을 손쉽게 찾아볼 수 있다. 물론 기성품은 기성품대로 장점이 있다. 대개 완성도가 높고 여러 번 검토해 제작된 상품이라 그런지 입었을 때 익숙한 핏이 있다. 게다가 상품에 따라 A/S도 가능하다. 크라우드 펀딩 사이트에는 기성품 매장에서는 찾아보기 어려운 실험적인 제품이 많다는 장점이 있다.

물론 지갑의 한계도 있고 옷장의 여유 공간도 고려해야 하니 다 구매할 수는 없다. 크라우드 펀딩 사이트에 등록된 후드티 중에는 사회적 의미를 담아 제작된 옷들도 있고, 의미를 담아 디자인된 독특한 로고가 프린팅된 옷도 있다. 그런 것들은 꼭 사야 하는 게 아니라면 되도록 구매하지 않는다. 그보다는 핏이나 디테일 면에서 보다 실험적으로 제작된 후드티에 후원한다. 이 사이트의 숨은 후드티 장인들은 후드티의 모양을 이리저리 변화시키고, 후드끈에 독특한 소재를 사용하는 등 후드티 자체에 새로운 실험을 한다. 이런 시도들이 새롭고 신기해서, 나는 종종 크라우드 펀딩 사이트에 접속해 후드티를 검색하곤 한다.

최근에는 후드티에 개인 취향을 더할 수 있는 새로운 덕질의 세계까지 열렸다. 우연히 발견한 서비스인데 여기서는 자신이 좋아하는 것을 후드티에 직접 인쇄해 제작할 수 있다. 직접 디자인하지 않아도 아티스트들이 디자인한 것들 또한 구매할 수 있다. 아티스트들은 자신이 그린 일러스트, 캐릭터 등을 의류나 패션잡화 등 여러 아이템과 조합해 판매한다. 좋아하는 것과 좋아하는 것을 결합해 즐길 수 있는 결합상품인 셈이다.

최근 이 서비스를 통해 후드티를 한 벌 샀다. 후드티 자체는 어디서나 찾아볼 수 있는 기본형 루즈핏 후드티다. 앞판에는 귀여운 고양이가 박스 안에서 얼굴만 빼꼼 내밀고 있는 일러스트가 인쇄되어 있다. 고양이가 들어가 있는 박스 겉면에는 양자역학에 등장하는 불확정성 원리의 수식이 쓰어 있다. 이 후드티는 '과과드(과포화된 과학 드립)'라는 판매자가 제작한 상품으로 이 고양이는 그 유명한 슈뢰딩거의 고양이다. 양자역학 이론을 설명하기 위해 차용된 이 고양이는 한 시간이 지난 뒤 절반의 확률로 죽어 있거나 혹은 살아 있다고 설명된다. 더 이상 자세한 설명은 생략할 수밖에 없는 아리송한 이론이지만 이 이론의 고양이를 캐릭터로 그려낸 것이 바로 내 고양이 후드티다.

'과과드'는 본래 과학과 관련한 여러 드립을 게시하는 페이스북 페이지다. 주로 이공계 관련 유머와 농담들이 게시된다. 이 채널에서는 이공계 대학원생들의 자학 개그나 과학계에서 흔히 통용되는 말을 뒤집어 유머로 소비한다. '저는 HTML로 프로그래밍해요' 같은 말이다. 이 문장은 개발자들 세계에서 통용되는 개그인데 마크업 언어와 프로그래밍 언어를 헷갈리는 초심자에 대한 풍자가 담겨 있다(HTML은 마크업 언어지 프로그래밍 언어가 아니다. 그러니 저 문장은 이를테면 '저는 숨쉬기 운동으로 다이어트해요' 같은 표현이랄까). 일하다가 골치 아플 때마다 과과드 페이지에 잠깐씩 접속해 깔깔 웃다 보면 다시 일에 집중할 수 있는 에너지가 충전된다.

내가 과과드 후드티를 자랑하자 친구는 자신이 산 후드티를 공개했다. 그의 후드티에는 전면에 큼지막하게 'I HATE MATH★'라고 인쇄되어 있었다. 얼핏 그저 수학을 싫어하는 사람인가 싶을 텐데, 이건 「쓰레기 머학생」이라는 만화에 자주 등장하는 후드티다. 이 만화는 수학교육학을 전공하는 대학생 '쓰머(쓰레기 머학생)'가 대학에 온 뒤 수학을 얼마나 싫어하게 됐는지를 소상하게 담고 있고, 주인공은 수학과 관련한 에피소드마다 'I HATE MATH★'라고 프린트된 옷을 입고 등장한다. 그러니 이 후드티는 이 만화의 심볼과도 같다. 모르는 사람이 봤을 땐 이해할 수 없는 패션이겠지만, 이 후드티는 「쓰레기머학생」에 대한 애정이 담긴 덕질 아이템이다(후드티 뒷면에는 무려 라플라스 방정식이 쓰여 있다). 이 옷을 구매했다며 내게 자랑한 친구는 과학 관련 서적을 출판해 '올해의 과학도서' 상을 받았는데, 시상식에 그 옷을 입고 참석하기도 했다.

'덕질 후드티'의 세계에 이공계 옷만 있는 건 아니다. 내가 아끼는 옷 가운데 세일러문 후드티도 있다. 모 SPA 브랜드에서 세일러문과 협업해 제작한 한정판 후드티다. 환경 문제 때문에 가능한 패스트패션 브랜드의 옷을 구입하지 않으려 하는데 이 세일러문 후드티는 사지 않을 수가 없었다. 이런 한정판은 거의 당일이 아니면 매진되기 때문에 출시한 날 저녁에 달려가 구매했다. 앞판에 'MOON CRYSTAL POWER'라고 큼지막하게 인쇄되어 있고 소매에는 세일러문 요술봉이 자수로 새겨져 있다. 이 후드티는 지금까지도 내 '최애'다. 따지자면 나는 세일러문보다는 웨딩피치를 더 좋아하지만 기본적으로 마법소녀 장르에 깊은 애정이 있다.

　　이런 후드티는 생각보다 많다. 내가 지금까지 모은 후드티들과 비슷한 상품이 또 있나 찾아보다가 종종 재미있는 아이템을 발견하기도 한다. "마감을 다 하고 나온 사람"이라거나 "오늘은 하체 하는 날" 같은 문구가 인쇄된 옷들도 있다. 이 옷들은 각각 그 문구들이 유머로 통용되는 하나의 세계를 반영한다.

　　내가 입는 옷에 이런저런 취향을 담을 수 있다는 건 정말 재밌고 즐거운 일이 아닐 수 없다. 그 취향의 캔버스로 후드티가 이용된다는 사실도 정말 흥미롭다. 후드티는 본래 단체의 로고를 담아 제작하는 단체복으로서 등장하지 않았나. 그런 후드티가 이제 개인들의 취향을 담아낸다니 신기한 일이다. 이걸 하나의 서사로 대치하자면 출생의 원천을 뒤집어 엎고 정반대의 세계로 이행하는 후드티의 모험담이 되려나.

　　장기 출장에서 남편이 돌아온 것을 축하하는 의미로 우리 가족은 사회적 거리두기 지침이 완화되자마자 오랜만에 큰맘 먹고 나들이를 갔다. 먼 곳으로 떠난 건 아니고 가까운 곳에 위치한 작은 숍이 목적지였다. 지브리 애니메이션과 관련한 온갖 굿즈를 판매하는 가게였다. 아이는 아이대로, 나는 나대로, 남편은 남편대로 한참을 고민하면서 각자 한 개씩 사고 싶은 걸 손에 쥐었다. 나는 〈마녀배달부 키키〉를, 아이는 〈천공의 성 라퓨타〉를, 남편은 〈이웃집 토토로〉를 골랐다(후드티를 사고 싶어 의류 코너를 기웃거렸으나 아쉽게도 후드티는 없었다).

우리는 뿌듯하게 한 손에 하나씩 아이템을 쥐고 매장을 나와서는 누가 먼저랄 것 없이 흥분된 얼굴로 얼른 집에 돌아와 각자의 상자를 뜯었다. 캐릭터를 섞어 들고 역할 놀이도 하고, 피규어를 앞에 놓고 그림으로 그려보기도 하며 시간을 보냈다. 영화 〈기생충〉 포스터가 생각나는 따사로운 오후였다. 행복은, 아니 덕질은 나눌수록 커지잖아요.

'없어도 되는 사람'

웹툰 「여주실격」은 아역 시절부터 오랫동안 배우를 해온 천리사가 배우 은퇴 선언을 하며 시작한다. 박수칠 때 떠난다는 말처럼 화려하게 은퇴한 건 아니다. 국민들에게 받은 사랑을 증명이라도 하듯 '천사리사'라는 별명까지 얻은 천리사였는데, 마약 사범으로 조사받은 후 강제로 연예계에서 퇴출당한다. 은퇴 뒤에 천리사는 집에서 칩거하며 술과 게임으로만 하루하루를 보낸다. 매일같이 술에 취해 게임에 빠져 있는 천리사가 입는 옷은 바로 다름 아닌 추리닝과 후드티다.

웹툰 속 많은 캐릭터가 후드티를 입는다. 「이태원 클라스」의 주인공 박새로이처럼 후드티가 자신의 트레이드마크인 이들도 있고, 웹툰 「나를 바꿔줘」의 정현주나 「취향저격 그녀」의 하해닮처럼 숨고 싶을 때 후드티를 입는 캐릭터도 적지 않다. 정현주나 하해닮은 둘 다 인터넷에서 그녀들을 놀리거나 음해하는 소문 때문에 고통받는다. 이 때문에 사람들에게 들키지 않으려고 모자를 눌러쓰고 그 위에 후드티의 후드까지 뒤집어쓴다. 누구보다도 화려하게 빛나고 싶을 때가 아니라 누구에게도 내 모습을 보이고 싶지 않을 정도로 움츠러들고 괴로울 때 사람들은 종종 후드티를 찾는다.

나도 오랫동안 후드티 안에 숨어 지냈다. 사회생활을 시작한 첫 번째 회사에서 나는 육아휴직 중에 사표를 냈다. 사실상 권고사직이었다. 회사에 대한 배신감과 나에 대한 자괴감이 뒤엉켜 도저히 참을 수 없는 지경이었다. 마음이 온통 흙빛이었다. 그래도 다행히 바로 직장을 구했다. 1년은 육아휴직하며 아이를 돌까지 키우고 싶었는데 당장 어디라도 출근하지 않으면 경력 공백이 길어지게 될까 봐서였다. 아이를 보육시설에 맡긴 채 새 직장에 출근했다. 아이가 생후 6개월 때였다.

첫 회사에서 쫓겨난 후 나는 그간 입지 못했던 후드티에 대한 보상심리라도 작동한 듯 어딜 가든 내내 후드티만 입고 다녔다. 그렇게라도 하지 않으면 이미 바닥난 자존심이 더 산산이 흩어져 견딜 수 없을 것 같았다. 매끈한 포세린 타일을 바닥에 깐 으리으리한 빌딩에 후드티를 입고 들어설 때마다 나는 애당초 이런 건물에 어울리지 않는 사람이라는 주문을 걸었다. 정장이나 사원증, 그런 게 없어도 나는 충분히 행복하고 편안할 수 있다고, 누구도 묻지 않았는데도 스스로에게 대답했다.

실제로 그 후에 나는 정장도 필요 없고 사원증도 없는 회사로만 두어 차례 이직했다. 첫 회사에서

5년을 버텼으니 다른 회사에서도 최소한 2, 3년은 다닐 줄 알았다. 그런데 이상하게 1년을 채우는 것도 버거웠다. 그때 나는 조직 생활 자체에 몹시 화가 나 있었다. 배신감과 절망감에 사로잡혀 조직 생활을 지속할수록 조직에 대한 나쁜 감정만 쌓일 뿐이었다.

올 게 왔다는 기분이었는지 권고사직 이후 나는 눈물 하나 흘리지 않았다. 하지만 그때 울지 못해서인지 그 후에도 울고 싶은 마음은 나를 계속 쫓아다녔다. 막상 권고사직을 당한 직후에는 머릿속이 차갑게 식은 듯 누구보다도 냉정하게 상황을 정리하고 대처했었다. 그렇지만 그 후의 나는 매우 사소한 일에도 너무 쉽게 무너져내리곤 했다.

처음 무너진 건 나를 위로하려고 모인 전 직장 동료들과의 저녁 식사 자리에서였다. 좋아하는 선배들과 맛있는 음식을 나누며 위로가 담긴 술잔을 부딪쳤다. 즐거웠던 모임의 징표로 단체 사진까지 찍고 막 헤어지려 서로 인사를 건넸다.

"그럼 내일 봐." 회사 선배들이 취한 얼굴로 인사를 나눌 때 나는 멈칫할 수밖에 없었다.

나는 고민하다가 "다음에 봐요" 하고 인사를 건넸다. 웃으며 인사했지만 같은 방향으로 가는 사람들과 굳이 다른 버스를 탔다. 버스 좌석에 앉아 차창 밖으로 사람들이 모두 다 사라지는 걸 보고서야 나는 고개를 푹 숙였다. 후드티 앞섶으로 눈물이 뚝뚝 떨어졌다. "내일 봐" 하고 인사할 수 없는 게 사무치게 슬펐다. 그들과 매일 보던 나는 이제 내일 볼 수 없는 사람이었다.

그런 순간들은 그 뒤로도 몇 번이나 찾아왔다. 수년 동안 정 붙이고 사랑했던 사람들 사이에서 나만 '다른 사람'이라는 소외감을 안을 때마다 그랬다. 그리고 그 소외감 속에서 '내가 더 열심히 했더라면' 하는 후회와 자책을 지우지 못할 때마다 나는 끝이 보이지 않는 우울 속으로 굴러 떨어졌다.

낙오자로 보이지 않기 위해 누구보다도 열심히 일해야 한다는 열정과 그렇게 해봐야 버려질 것이라는 비관이 마음속에 늘 공존했다. 어떤 회사에서든 내게 손 내밀어주는 다정하고 고마운 사람들은 있었다. 그럼에도 그들에게 쉽게 마음을 열 수 없었다. 이전 회사에서 권고사직을 당하던 때, 믿었던 몇몇 사람들이 내게 어떤 연락조차 해오지 않았던 모습이 자꾸만 오버랩됐다. 그래서 조직에 정이 붙고 사람들과 사귀어볼 때가 되면 나는 손사래 치듯 그 조직을 부랴부랴 떠났다. 그때의 나는 이 모든 게 내 문제라고 여겼다.

그리고 그럴수록 나는 후드티에 더 집착했다. 후드티를 입고 후드를 쓰면 아무도 건드릴 수 없는 나만의 공간이 생긴 것만 같았다. 후드를 뒤집어쓰고 이어폰을 낀 채로 오로지 코드에만 집중했다. 누구도 나에게 증명하라고 요구하지 않았는데도 나는 실력으로 밀려난 게 아니라는 걸 증명하고 싶었다. 어쩌면 다른 누구도 아닌 나 스스로에게 나를 증명하고 싶은 것이었는지도 모르겠다. 어떤 조직도 나를 보호해주지 않는다면 나라도 나를 지켜야 했는데, 그때의 나는 오히려 나를 채찍질하며 더 구석으로 몰아넣고 있었다.

그때 내가 입은 후드티는 단절과 소외의 상징이었다. 나는 필요 이상으로 사람들과 대화하지 않으려고 노력하면서, 내가 원하는 사람과만 한정적으로 교류했다. 그리고 그게 진정한 '사회인'이 되어가는 거라고 생각했다.

그런 내 마음이 일종의 '트라우마' 상태였다는 걸 알게 된 건 『일터괴롭힘, 사냥감이 된 사람들』이라는 책을 읽고 나서였다. 회사에서 지속적으로 괴롭힘을 당한 건 아니고 그저 딱 한 번 권고사직을 당한 것이니까 내가 겪은 건 괴롭힘이 아니라고 생각했다. 그저 누구나 으레 겪는 감정에서 빠져나오지 못하고 있는 것뿐이라고 여겼다. 그러나 이 책에서는 그것 역시 괴롭힘이라고 말했다.

단 한 번이라도 생을 뒤흔들 만한 사건이라면 심각한 괴롭힘이 될 수 있다. 가령 피해자가 물리적으로 심각한 위협을 받거나, 부당한 해고 위협을 받거나, 직업적 전망이 파괴되었을 때가 그렇다.

여기에 밑줄을 치고 나서 이 문장을 두 번 세 번 노트에 옮겨 썼다. 문장을 필사할 때마다 팀장에게 권고사직을 통보받던 그날이 계속해서 떠올랐다. 그때 내 생은 크게 뒤흔들렸던 것이다. 면담 자리에서 팀장은 내게 이렇게 말했다.

"지금 자리에 없어도 회사가 잘 굴러간다는 건, 없어도 되는 사람이라는 뜻이야."

왜 하필 육아휴직 중인 나를 선택했느냐는 물음에 그가 답한 말이었다. 그 말은 그 후로도 수년 동안이나 내 안에 머물렀다. 지금 없어도 되는 사람, 그러니까 없어져도 되는 사람. 그 말에 일견 동의하면서도 동의하고 싶지 않았다. 내가 있어야 조직이

굴러간다는 낭만에 사로잡혀 있었던 건 아니다. 하지만 내가 있든 없든 아무런 영향이 없는 곳이라면 나는 왜 있어야 하는가. 나는 왜 일을 하는가.

꼬박꼬박 통장에 꽂히는 월급은 소중하니까. 무탈하게 사회에서 지내려면 4대보험이 필요하니까. 안정적인 소속감은 나를 평안케 하니까. 모두 맞는 말이지만 내게 정답은 아니었다.

촌스럽게 들릴지 몰라도 나는 여전히 내가 뭔가 기여할 수 있는 곳에서 일하고 싶다는 소망이 있다. 정치적 올바름, 도덕성 때문이 아니라 그게 바로 내 고유성이라고 생각해서다. 회사는 노동자를 언제든 갈아 끼워도 되는 부품처럼 여길지 몰라도, 내가 그런 부품임을 인정할 수밖에 없더라도, 그 부품으로 일하는 동안 최소한 나여서 할 수 있는 무언가를 만들고 싶다. 일의 내용 자체가 아니라면 아주 사소한 부분에서라도. 회식 장소로 언제나 고깃집에 호프집만 다녔다면 비건도 편하게 먹을 수 있는 식당으로 찾는다든가, 늘 반복되는 업무를 개선하기 위해 새로운 협업 도구를 도입한다든가 하는 것들이라 해도.

눈 밝은 사람이 되는 게 좋았다. 팀에 새로 오는 사람을 위해 책상을 미리 닦아놓고 밥을 거르고

일하는 사람이 있나 살펴 샌드위치나 김밥 따위를
챙겨주는 것. 신기술 트렌드를 정리해서 팀 내에 공
유하고 새로운 세미나 소식을 알리며 사람들과 동행
하는 일. 누가 알아주지 않더라도 먼지 쌓인 구석이
있는지 살피고 도움이 필요한 손이 있나 알아보는
게 내 소소한 즐거움이었다. 그런데 그 자리에 없다
는 이유만으로, 수년간 쌓아온 내 정성이 깡그리 짓
밟히는 모욕감이 들었다.

'지금 없는 사람은 없어도 된다는 거니까.'

글쎄, 그런 것도 있겠지. 그러나 소중히 아끼고
사랑했다면 지금 나에게 남아 있지 않아도 내가 소
중히 여겼다는 사실만큼은 변하지 않는다는 걸 안
다. 한창 모욕감에 휘둘릴 때 내가 입은 후드티가 단
절과 소외의 마음을 품은 것이었다면, 지금은 후드
티에 담긴 기억들로 푸근한 마음이 되곤 한다. 후드
티 하나하나의 핏, 모양, 그리고 길이도 마감도 무게
도, 나에게는 그걸 고르고 사고 입고 다닌 역사로 남
아 있다.

나의 첫 후드티를 잊을 수 없다. 친오빠에게서
물려 입은, 하얀 날개가 인쇄된 검은색 후드티였다.
대학생 시절, 그 옷을 입고 한 청년 모임에 나간 기
억이 아직도 생생하다. 처음 보는 카페에서 모임을

했는데 환경운동가들이 운영하는 곳이었다. 미리 대관 신청을 해서 우리밖에 없는 그곳에서 자정이 넘도록 사회운동에 대한 대화를 나눴다. 환경운동을 위한 카페에 가본 것도 처음이었고 사회 변혁에 이렇게까지 열정이 많은 사람들을 한번에 만난 것도 처음이라 마음이 들떴다. 그때 그 자리에 모였던 사람들과 함께 작은 웹진을 만들어 발행했고, 그 프로젝트를 계기로 10여 년이 지난 지금까지도 친하게 지낸다. 그중 몇몇 사람들은 결혼도 하고 아이도 낳아 이제 각자의 아이들과 함께 모여 음식과 근황을 나눈다.

비슷한 시기에 입은 다른 옷, 오른쪽 가슴팍에 빈 말풍선이 그려진 후드집업은 내가 제일 아끼던 옷이다. 별거 아닌 프린팅이었지만 빈 말풍선은 뭐든 채워 넣을 수 있는 가능성 같기도 했고, 어떤 말이든 해도 된다는 위안 같기도 했다. 그 후드티를 산 가게는 홍대에서도 가장 후미진, 인적 드문 골목에 있었다. 친구들과 함께 쏘다니다 우연히 발견한 가게였는데 그날도 그렇고 그 후로도 갈 때마다 늘 지미 헨드릭스의 음악이 흘러 나왔다. 당시 어울리던 친구들과 내 취향이 그 옷가게의 옷들과 딱 들어맞아서 자주 들락거렸다. 옷을 사기도 하고 주인과 지미 헨드릭스에 관한 수다를 떨기도 했다.

근 10년을 입은 후드티는 찰리 브라운이 그려진 옷이었다. 유니클로 매장을 처음 들어가보고는 이렇게 다양한 옷이 이렇게나 많다는 데 놀란 기억이 난다. 어마어마하게 많은 옷에 주춤거리다가 반가운 캐릭터를 발견해 구입한 것이 찰리 브라운 후드티였다. 막 입어도 늘어나지 않는 데다 워낙 튼튼해서 시위에 갈 때 주로 입었다.

그 옷을 입고 가장 자주 간 곳은 용산참사 현장이었다. 당시에 일주일에 두어 번은 용산참사 시위에 참석했다. 용산참사가 일어난 날은 내 생일이었다. 그날 상황이 긴박하니 모두 용산으로 모여달라는 선배의 문자를 받았지만 나는 '오늘은 생일이니까 빠질래'라는 마음으로 가지 않았다. 그랬던 날 참사가 났고, 그 후 매년 생일이 돌아오면 죄책감 한덩이를 안고 용산참사 추모제에 참석했다.

그런가 하면 남편과 나의 첫 커플룩도 후드티였다. 날씨가 쌀쌀해진 걸 모르고 옷을 얇게 입고 나온 날이었다. 일정은 많이 남았는데 얇은 옷으로 버티긴 어려워서 걸쳐 입을 옷을 찾으러 근처 옷가게에 들어갔다. 저렴한 카디건 같은 걸 하나 사 입으려고 했는데 어깨가 각진 후드티가 눈에 쏙 들어왔다.

입어보니 예쁜 데다 마침 세일한다기에 남편 것도 충동적으로 샀다. 같은 디자인으로 남편은 회색, 나는 흰색. 얼결에 맞춘 옷이었다. 첫 커플룩이라는 낭만이 있어서 수년이 지난 지금도 종종 그 옷을 함께 맞춰 입고 외출한다. 게다가 이 하얀 후드티는 내가 처음으로 국회의원 간담회에 참석했을 때 입은 옷이기도 하다. 온라인 정책 제안 플랫폼에 처음 올린 '신입사원 연차보장법'이 천 명의 동의를 얻어 드디어 매칭된 국회의원과 만나는 날이었다. 이날 한정애 의원을 만나 정식으로 제안한 '신입사원 연차보장법'은 2017년 11월 본회의를 통과해 지금은 대다수 회사에 적용되었다(물론 그럼에도 아직도 연차 사각지대가 많다).

하나하나 다시 돌이켜봐도 그 후드티를 입고 내가 다닌 곳들, 만난 사람들 모두 아직까지도 선명하게 기억난다. 그 후드티를 입었기에 그곳에 있었던 건 아니겠지만 그 후드티들을 입고서 나는 거기에 있었다. 내게 그 후드티들은 없어도 되는 옷들이 아니라 지금은 없지만 그때그때 나에게 특별했던 옷들이다. 마찬가지로 나 역시 '없어도 되는 사람'이었던 적은 없다. 나는 없어도 되는 사람도, 없는 사람도 아니라 지금 여기에 발 딛고 서 있는 사람이다.

권고사직 후 나는 트라우마에 부단히 휩쓸렸다. 그래도 하나 얻은 게 있다면 바로 자유다. 과거의 나는 회사를 끔찍이도 두려워했다. 내가 어디에 있는지, 뭘 하는지 회사는 세세하게 감시하고 있을 것만 같았다. 그래서 어딘가에 원고를 보낼 때조차 '이것도 투잡인가' 싶어 원고에 본명을 쓰지 않았다. 조경숙이라는 이름보다 '갱'이라는 필명으로 나를 가렸다. 시민 캠페인을 내가 직접 주도해서 하는 건 언감생심 꿈도 꿀 수 없었고 그나마 추모제나 집회에만 조심조심 참석했다.

　　지금은 다르다. 달라진 건 조직에 대한 마음 하나뿐인데도 나는 전보다 훨씬 자유롭다. 전에는 전전긍긍 회사 눈치를 봤다면 지금은 '수틀리면 회사랑 싸워보지 뭐' 하는 태도가 생겼다. 싸워서 생긴 내공이 아니라 어떤 조직도 나를 보호해주지 않으리라는 불신에서 비롯한 전리품이기는 하다.

　　나는 사회와 법을 바꾸려드는 캠페이너가 됐고, 이제는 본명이든 필명이든 내 마음대로 이름을 걸고 내가 쓰고 싶은 글을 쓴다. 이전 회사에서는 노동조합을 만드는 게 꿈이었다. 지금 나는 노동조합에 두 군데나 가입한 사람이 됐다. 하나는 직장에서의 노동조합이고, 다른 하나는 만화평론가로서 가

입한 디지털 콘텐츠 창작자 노동조합이다. 눈칫밥은 이제 그만 먹고 내 밥을 배불리 먹고 싶다.

한때 나는 '없어도 되는 사람'이라는 수식에 묶여 계속 버둥거렸다. 그렇지 않은 사람임을 계속해서 증명해야 한다고 생각했다. 지금은 다르다. 나는 가능한 한 미래를 계획하지 않으려고 한다. 매 순간을 소중히 여기면서 살고 싶다.

앞으로 나는 무엇을 하게 될까. 이렇게 여러 일을 지속할 수 있을까. 의문이 들지만 그런 질문은 미뤄놓기로 했다. 지금까지 쌓아온 모든 일들도 계획과 성과로 달성된 일이 아니다. 그저 좋아하니까 해봤고, 해보니까 또 좋았을 뿐. 기본적으로 나는 나를 신뢰하지 못한다. 그래도 나에 대한 한 가지 믿음은 있다. 앞으로 내가 어디로 향하든, 그 가운데에서 무엇을 선택하든 아마도 그 일이 내게 가장 자연스러우리라는 확신 말이다. 그저 눈앞의 하루를 제멋대로 살아가는 게 다인 삶이지만, 쌓은 게 없는 대신 나는 듯이 뛸 수 있지 않겠는가. 등에는 배낭, 발에는 운동화 그리고 내 몸에 딱 맞는 후드티 한 벌. 이 정도면 충분하니까.

나를 만든 세계, 내가 만든 세계
'아무튼'은 나에게 기쁨이자 즐거움이 되는,
생각만 해도 좋은 한 가지를 담은 에세이 시리즈입니다.
위고, **제철소**, **코난북스**, 세 출판사가 함께 펴냅니다.

아무튼, 후드티

1판 1쇄 발행 2020년 12월 11일
1판 2쇄 발행 2023년 11월 11일
지은이 조경숙
펴낸이 이정규
펴낸곳 코난북스
출판등록 제2013-000275호
전화 070-7620-0369
팩스 0505-330-1020
이메일 conanpress@gmail.com
홈페이지 conanbooks.com

ⓒ 조경숙, 2023

ISBN 979-11-88605-15-6 02810